N O I R

Collection sous la direction de Corinne Fossey
Conception et direction artistique : Philippe Renaud
Documentation : William Wheeler
Réalisation typographique : Et Associés
ISBN 2-84102-019-3

N O I R

DU MAY

LE NOIR, c'est la nuit – la nuit noire

LE NOIR, c'est la mort – le deuil

LE NOIR, c'est la saleté – noir de crasse

LE NOIR, c'est la révolte – le drapeau noir de l'anarchie

LE NOIR, c'est la tristesse – les idées noires

LE NOIR, c'est le malheur – la série noire

LE NOIR, c'est la peur – les films noirs

LE NOIR, c'est la sorcellerie – les messes noires

LE NOIR, c'est la pollution – la marée noire

LE NOIR, c'est le raffinement – le smoking

LE NOIR, c'est la sobriété – une robe noire

LE NOIR, c'est le mystère – les lunettes noires

LE NOIR, c'est le rythme – la musique noire

LE NOIR, c'est l'érotisme – les sous-vêtements noirs

LE NOIR, c'est l'énergie – le café noir

LE NOIR, c'est l'ivresse – être noir

LE NOIR, c'est la couleur du mystère et de l'inconnu.

ARTISTS' OIL COLOURS
peach black
757 serie 1
SENNELIER PARIS
ARTISTS' OIL COLOURS
Mars black
759 serie 3
SENNELIER PARIS
COULEURS EXTRA FINES A L'HUILE
noir d'ivoire
755 serie 1
SENNELIER PARIS

Massimo Stanzione. Vers 1585-Vers 1658. Portrait de groupe avec gentilshommes saluant des amis. Collection particulière.

L'homme voit et vit en couleur. Le phénomène physique qui donne relief à son environnement l'a, de tout temps intrigué. Le noir lui a donc posé une question essentielle, puisque le noir semble la négation même de la couleur. Au mieux, c'est l'état le plus sombre de chaque couleur.

A y regarder de plus près, le noir complet semble mythique et n'existe pas en réalité. le noir d'une salle close comme celle d'une salle de spectacle avant le lever du rideau semble bien plus profond que la nuit noire où les reliefs existent et les couleurs créent encore un espace subtil.

Le noir c'est la lourdeur d'une charge de plomb mais c'est également l'infini, le trou noir de l'espace incommensurable. On a donc cherché à analyser cet idéal de non-lumière et on a fini par admettre que les matières apparemment les plus noires réfléchissent en fait au moins 3% de la lumière incidente.

Ci-contre : Lucas Cranach. Portrait présumé de Magdalena Luther. XVIe siècle. Musée du Louvre. Paris.

Le noir dans la symbolique et sa perception psychologique a un caractère d'absolu. Il induit une nuance assez négative aux sentiments qu'il colore. Le noir c'est la nuit, le mal, la mort, le diable. C'est une sorte de mauvais présage ambiant. Il est le vide et l'inconnu, le mystère et la force aveugle. Curieuse association que cette puissance maligne collée à la couleur la plus sombre. Le langage parle de liste noire, de série noire, de sentiments noirs. La personne rejetée par le groupe social est la bête noire. En histoire les journées sombres et dramatiques sont des lundi, mardi , mercredi... noirs bien évidemment. Les marées noires sont des catastrophes naturelles... A ces nuances tristes s'opposent pourtant une utilisation du noir qui crée une neutralité élégante. Les habits de soirée sont communément noirs et du smoking à la robe noire, des vernis noirs à la cravate et au nœud papillon, le "chic" s'habille en noir. La sérénité religieuse est vêtue de noir jusqu'au voile noir des intégristes.
S'il fallait parcourir la symbolique du noir,

Edouard Manet. 1832-1883. Marcellin Desboutins. Museu de Arte de Sao Paolo.

Wassily Kandinsky. Sängerin. 1903. Collection Particulière.

on ne peut nier qu'il est d'abord la couleur de la mort, du deuil, du malheur et de l'enfer. C'est la couleur de la saleté, de la haine, du fascisme et de l'anarchie. Celle de la sanction, du cachot, de la tristesse et de la solitude avec ses idées noires, là où on broie du noir.
Le noir c'est l'austérité et son pain noir. C'est enfin l'autorité qui habille de noir les arbitres sportifs et habillait autrefois les militaires et les policiers.

Ci-contre : Amedeo Modigliani. Portrait de Dedie. 1918. Musée national d'art moderne. Paris.

Il existe plusieurs façons d'obtenir la couleur noire.

L'ENCRE DE CHINE
est une excellente couleur pour les lavis, obtenue à partir de la seiche. Pour être de bonne qualité, elle doit avoir une pâte très fine et être très homogène.

LE NOIR D'IVOIRE
est un noir intense qui s'obtient par la calcination de petits morceaux d'ivoire.

LE NOIR D'OS
est un noir roussâtre qui s'obtient par la calcination de fragments d'os.

LE NOIR DE CHARBON
est fait avec du charbon végétal qu'on obtient en brûlant des noyaux de fruits ou des coquilles de noix.

LE NOIR DE BOUCHON
est très léger et un peu bleuâtre. Il se fabrique en mettant des fagots de lamelles de bouchons dans une boite hermétique en fer et en la faisant rougir à feu très vif.

LE NOIR DE LAMPE
est obtenu en faisant noircir à la fumée d'une bougie un morceau de terre cuite ou de verre.

LE NOIR DE BOUGIE
est le résultat de la combustion de la cire. Il est d'un aspect velouté.

LE NOIR DE CAFÉ
s'obtient à partir du marc de café.

LE NOIR DE VIGNE
s'obtient en broyant des sarments de vigne très calcinés.

Jean Arp. 1887-1966. Tate Gallery. Londres.

Fernand Léger. Paysage de Seine-et-Oise. Les cinq tournesols. 1953. Collection particulière.

Ci-contre : Fernand Léger. Le constructeur. 1951. Collection particulière.

12.48.

NOIR ET LANGAGE

La couleur noire, dans le langage, n'incite guère à la gaieté. L'adjectif est mauvais signe, il ne présage rien de bon. Attention, préparez vos mouchoirs (blancs) ! Car le noir est d'abord la couleur de la mort, du deuil et du malheur. Des malheurs même en cas de "série noire".Voir tout en noir, avoir les idées noires, dresser un tableau très noir de la situation, tout cela sonne tristement. Le "jeudi noir" d'octobre 1929 fut signe de faillite économique. Les "marées noires" le sont doublement : par la couleur du pétrole qui les souille et par la tristesse qui en résulte. Septembre noir, au Proche-Orient, doit son nom aux massacres qui se déroulèrent pendant cette période. Autant de colorations funestes !

Juan Miro. Sans titre. 1968. Collection particulière.

Le noir, c'est la couleur du diable et de l'enfer, cette nuit noire à perpétuité. Noir, couleur de la faute – les noirs péchés –, de la colère – regarder d'un œil noir –, du désespoir – broyer du noir. Le noir est la couleur du cafard – sentiment – et des cafards – insectes. La couleur aussi de l'inquiétude : la peur se marque par un sang d'encre qui ne saurait qu'être noir. Ce qui est interdit et répréhensible devient noir : la caisse, le travail, le marché. Ce qui représente l'autorité se teint en noir : l'arbitre, le juge, le prêtre.

Ci-contre : Pablo Picasso. Portrait de femme, Françoise. 1948.

Juan Miro. Sans titre. 1967. Collection particulière.

Ce qui fait peur aussi : les romans noirs, les films noirs.
Le noir est austère, strict, mais aussi raffiné et chic quand il se porte en vêtement : cravate, costume, robe.
Pour oublier la noirceur du destin, certains boivent au point d'être "noirs" à leur tour. Fâcheuse coïncidence !
D'autres se cachent le regard derrière des lunettes noires, pour ne pas voir et ne pas être vus. Et d'autres misent sur le noir à la roulette. Le noir alors parfois porte bonheur...

Juan Miro. 1893-1983. Composition. Collection particulière.

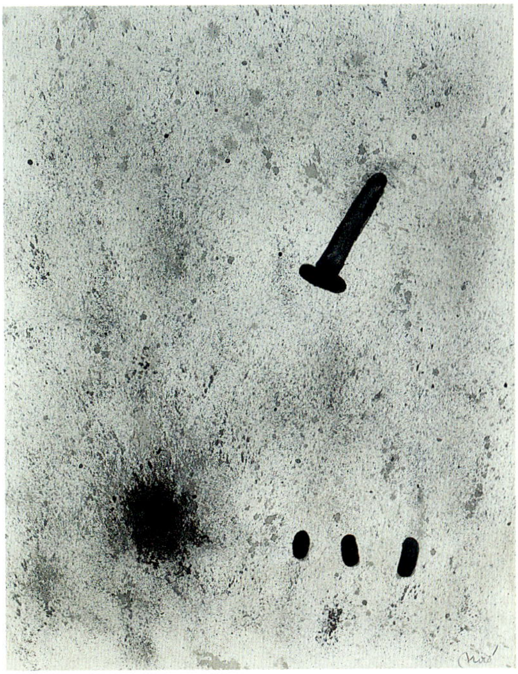

NOIR : LITTÉRATURE ET CINÉMA

Dans la littérature comme dans le cinéma, le noir a souvent un parfum de crime et se retrouve souvent dans les titres de romans policiers, publiés souvent dans les collections bien nommées – *Série noire* ou *Fleuve noir*. Gaston Leroux publia en 1909 *Le Parfum de la dame en noir*, qui faisait suite au *Mystère de la Chambre jaune*, énigmes policières concoctées par le père de Rouletabille. Autre maître du roman policier, James Hadley Chase publia *La Chambre noire* en 1966. Et comment ne pas nommer les *Dix Petits Nègres*, ce chef d'œuvre d'Agatha Christie ?
Robert Louis Stevenson, écrivain familier des noires atmosphères, signa *La Flèche noire* et les *Contes noirs*. Une couleur pas choisie au hasard pour cet écrivain fébrile et hanté par les démons du XXe siècle naissant. En choisissant *Le Rouge et le Noir* comme titre de son roman, Stendhal jouait sur l'opposition entre deux couleurs fortes et des exégètes ont pu y voir l'opposition entre le bourreau, symbolisé par le rouge, et le prêtre, symbolisé par le noir.
Mais d'autres y ont vu une allusion aux jeux

Hans Hartung. Composition. 1949.

A. R. Penck. *L'aire des aigles*. 1981. Collection particulière.

de hasard auxquels les destins sont soumis... Jules Verne situa en 1877 un roman d'aventures dans *Les Indes noires*. Autre roman d'aventure, *La Tulipe noire*, écrit par Alexandre Dumas et adapté au cinéma par Christian-Jaque avec Alain Delon, Virna Lisi et Francis... Blanche. Au cinéma, le noir est également marqué du sceau de l'épouvante ou du crime. *Le Chat noir*, tourné en 1934 avec le démoniaque Boris Karlov réunissait l'un et l'autre... En 1925, *L'Aigle noir*, triompha avec Rudolph Valentino, le premier sex-symbol de l'histoire du cinéma. En 1959, *L'Orchidée noire*, avec Sophia Loren et Anthony Queen, mettait en scène la veuve d'un gangster. *Série noire*, réalisé en 1979 par Alain Corneau, avec Patrick Dewaere et Marie Trintignant, sur un scénario de Georges Pérec portait bien son titre : un représentant miteux imagine un stratagème pour assassiner une vieille rombière qui prostitue sa fille... L'histoire – faut-il le préciser ? –, se terminera très mal.

N'oublions pas *La Mariée était en noir*, film policier de François Truffaut inspiré du roman de William Irish, avec une inoubliable Jeanne Moreau, veuve le jour de son mariage, traquant un à un les cinq hommes qu'elle rend responsables de la mort de son mari. Enfin, pour retomber sur nos "pieds", terminons sur *Le Grand blond avec une chaussure noire*, comédie française emblématique des années 70 !

Hans Hartung. *Splash*. 1959. Collection particulière.

CHARBON NOIR

Avant d'être extrait du fond des mines par des hommes pour le moins courageux, l'histoire du charbon commence dans d'immenses forêts luxuriantes il y a quelque 250 à 300 millions d'années, c'est la période carbonifère à la fin de l'ère primaire. La forêt hercynienne couvre alors de vastes étendues allant de l'Asie centrale à l'Europe. En France ce sont les Ardennes, le Massif central, le Massif Armoricain et les Vosges. Cette forêt aux arbres et aux fougères géants est à l'origine du charbon : les débris végétaux (bois, écorces, feuilles) qui s'accumulent, sont peu à peu recouverts par un faible niveau d'eau, puis par des sédiments argileux ou sableux et enfin par

des alluvions. Enfermés à l'abri de l'air, ces débris végétaux vont s'enrichir en carbone, fermenter et avec le temps être transportés par des cours d'eau qui les déposeront au fond de grands bassins sédimentaires.
Ces grands bassins se formeront partout dans le monde, en France c'est essentiellement dans le Nord et la Lorraine que l'homme les a retrouvés. La grande saga du charbon peut dès lors commencer... Dès le XIVe siècle le charbon par des galeries à flanc de coteaux.
Au XVIIIe siècle la Révolution Industrielle en Grande-Bretagne s'appuie sur le charbon et la France suivra l'exemple et construira dès 1827 le premier chemin de fer entre

Le charbon, c'est bon pour la santé...

Longtemps le charbon a été utilisé comme remède contre différents maux, principalement ceux de l'estomac. Le Larousse Universel daté de 1890 en vante les bienfaits : "On emploie le charbon végétal obtenu par calcination des bois légers comme absorbant et désinfectant, le charbon de peuplier est utilisé comme absorbant des gaz de fermentation gastrique ou intestinale." Bref quand on se sentait ballonné on avalait du charbon... On employait également le charbon de saule ou de peuplier à l'état de poudre finement divisée comme dentifrice, il avait alors une action purifiante. Associé à de la quinine et à de la craie il était utilisé comme astringent contre les inflammations chroniques des gencives et avalé sous forme de cachets il luttait contre les renvois acides, toujours de l'estomac. Certains ont même mangé du charbon comme anti-poison : il avait la propriété d'absorber le dit poison. Tous les anciens consommateurs de charbon sont unanimes quand ils font appel à leurs souvenirs d'enfant: le charbon laissait la bouche complètement noire pendant un petit moment, c'était assez désagréable, par contre et cela c'était une aubaine : le charbon avait un goût neutre. Il valait donc mieux pour le petit malade que le pharmacien décide d'administrer du charbon plutôt que de l'huile de foie de morue ! Mais tout cela fait partie du passé, le charbon végétal a disparu des armoires à pharmacie dans les années 60, en même temps que beaucoup de remèdes de grands-mères...

Saint-Etienne et Andrézieux afin de transporter le charbon entre la mine et le port d'embarquement sur la Loire. En 1919, les Français récupèrent la Lorraine et exploitent les mines de la Sarre, puis remettent en état les mines du Nord détruites par la guerre : c'est le règne de la houille (terme général qui désigne les différentes variétés de charbons).

Casques et lampes de mineurs. Musée de la mine. Ronchamps.

En Lorraine comme dans le nord on devient mineur de père en fils. Les industriels construisent des cités, des écoles, des hopitaux... pour les ouvriers et leur famille, la vie s'organise autour de la mine et cela jusqu'à la fin des années soixante-dix. Le pétrole et surtout l'énergie nucléaire vont porter des coups fatals à la sidérurgie. Malgré les plans de restructuration qui vont se succéder, les mines fermeront les unes après les autres. Les fameuses "gueules noires" sont devenues chômeurs et leurs fils envisagent difficilement l'avenir.
En 1990 les dernière mines du Nord–Pas-de-Calais ferment leurs portes et c'est en avril 1992 que l'activité de la dernière mine de France est stoppée. La page est tournée.

NOIR RAMONEUR

Le petit ramoneur avec son hérisson et son grappin relève des images d'Epinal. Aujourd'hui, la petite échelle blanche du noir ramoneur appartient désormais au monde des contes. Pauvre petit ramoneur qui passait de maison en maison avant les frimas. Qui raclait, se barbouillait, se minait les poumons. Aussi noir que son compère charbonnier, on le voyait arriver d'un mauvais œil. Ce farfadet, diablotin fluet et agile, est l'antithèse d'un autre personnage, aussi rond que rubicond, à qui il ouvre pourtant la voie: le père Noël, bedonnant et débonnaire. C'est le bouc émissaire qui se charge de tous les péchés du monde pour que la joie puisse entrer dans les maisons. Dans *La bergère et le ramoneur*, Hans Christian Andersen conte les amours contrariées de deux sujets de porcelaine. Une potiche chinoise veut marier la bergère malgré elle à "Jambe-de-bouc", personnage

Charade enfantine

Pour consoler le ramoneur, inventons-lui une lumineuse charade:
Mon premier est le grand dieu égyptien du soleil.
Avec mon second, les poètes composent des sonnets éternels.
Mon troisième assure la sécurité des vieux loups de mer.
Mon quatrième peut se lire sur la lumière dorée d'un cadran solaire.
Mon tout, vif comme le vent, nous assure de joyeuses flambées.
(Râ – mot – nœud – heure)

Paul-Charles Chocarne-Moreau. 1855-1931.
Le petit boulanger. Collection particulière.

cornu, ricanant, hideux. Le petit ramoneur sauve sa fiancée en l'emmenant dans le poële, puis dans la cheminée. Sous la nuit étoilée, l'immensité du monde effraie la bergère. Le petit ramoneur la ramène à sa console. Heureusement, en poursuivant les fugueurs, le vieux Chinois s'est cassé. Ainsi, "*la bergère et le ramoneur s'aimèrent jusqu'au jour fatal où ils furent eux-mêmes brisés.*"

Ramona la cheminea!

Vertige et exiguïté obligent: les ramoneurs étaient souvent des enfants savoyards. Bonnet sur la tête, genoux et fond de culotte renforcés de cuir, ils grimpaient en s'arc-boutant dans la cheminée, raclant la suie au fur et à mesure. Sitôt arrivé au faîte, l'enfant chantait:
"Du haut en bas,
C'est moi qui ramone.
Si peu qu'on me donne,
Voilà mes deux bras."

Aquarelle de Pierre Brissaud. Le Petit Journal.

PIERRES NOIRES

La gamme des pierres noires est étendue. Dans l'espace d'abord, puisque celles ci proviennent en grande partie du minerai de plomb dont les réserves semblent inépuisables autour du globe, dans la variété ensuite, car tout l'intérêt de cette gamme est de présenter tantôt des pierres ternes, charbonneuses, tantôt de merveilleuses associations de minéraux.
C'est ainsi que l'on comparera les beaux yeux noirs d'une personne avec le jais, retenant l'intensité et l'éclat de ces deux joyaux.
Les principaux minéraux présentant une trace de couleur grise à noire sont la chalcopyrite, la galène, la chalcosite, et surtout la stibnite. Cette dernière est l'un des minéraux les plus étonnants dans le monde des cristaux ; ses prismes allongés, qui vont de l'argent au noir de jais et sont intimement striés, atteignent une taille inégalable par un autre cristal noir.
Les stibnites japonaises, par exemple, mesurent facilement cinquante centimètres.

Orgues basaltiques. Gorges de l'Allier.

Marbre.

On en trouve également en Roumanie, en France, en Italie ou encore aux Etats-Unis. Certains spécimens, dans la course au minéral rare, sont très recherchés.
La pure beauté de leur forme, les scintillements de leurs cristaux, comme en Roumanie, en font une référence.
La galène, qui apparaît souvent terne en elle même – elle est le principal minerai de plomb – s'avère prendre un grand intérêt quand elle se présente avec un minéral blanc, tel que le quartz ou la calcite.
On la trouve même associée avec la fluorite, la pyrite, ou même la tourmaline, ce qui lui assure un bel éclat ainsi qu'une couleur noire nuancée et intense. Des cristaux de galène exceptionnellement beaux ont été découverts au Mexique, en Australie, aux Etats-Unis et en France.
La chalcopyrite, car elle provient d'une pyrite de cuivre ou d'une sulfure double de cuivre et de fer, est de la famille de "la pierre de feu", appelée ainsi

par les Anciens à cause de ses magnifiques cristaux à reflets dorés.
Tout comme la chalcosine, c'est un minéral lourd, qui reste d'une couleur noir-grisâtre et moins appréciée que ses soeurs à l'association, à la couleur et au lustre éclatants. On en trouve toutefois en grande quantité en Russie, dans le sud ouest africain, aux Etats-Unis.
La magnétite, pour finir, est certainement la pierre noire qui a le plus intrigué les générations de savants et d'amateurs depuis que le philosophe grec Théophraste la décrite comme "la pierre qui attire le fer".
C'est un minerai de fer magnétique, noir de jais, assez dur et très lourd.
Très répandues, les seuls réserves de Kiruna en Suède sont estimées à près d'un milliard et demi de tonnes, les très beaux cristaux de magnétite sont relativement rares.
Les spécimens les plus rares se trouvent dans la chaîne alpine. Après avoir longtemps attaché une valeur magique aux minéraux et aux gemmes noirs, s'en servant d'amulettes ou de talismans, les plus belles pierres noires, par leur transparence opaque, par l'agréable disposition de leurs composants, par leur teinte sombre et leur éclat intense, sont devenues l'une des pierres les plus recherchées dans la grande course au minéral parfait.

Granit.

Cristaux de roche.

OR NOIR

Si l'arche de Noé et le berceau de Moïse n'ont pas sombré, ce fut grâce... au pétrole ! *La Bible*, en effet, raconte que l'un comme l'autre furent calfatés à l'aide de bitume, un dérivé du pétrole... Le bitume ne se trouvait que sous la forme d'effleurements à la surface du sol. Parfois, en abondance comme près de Babylone dont il servit à bâtir les célèbres murs. Le moyen d'extraire le pétrole ou ses dérivés est resté sommaire jusqu'au 27 août 1859. Date charnière dans l'histoire de l'or noir ! Ce jour-là, le puits foré par William Drake près de Titusville en Pennsylvanie cracha du pétrole gisant à 23 mètres de profondeur... Dans cette même ville de Titusvile, un pharmacien nommé Samuel Kier avait l'habitude de recueillir de faibles quantités de pétrole à la surface du sol avant de le distiller et d'en faire un baume médicinal qu'il vendait avec succès aux pharmaciens de New-York. Ce succès commercial incita quelques esprits novateurs à chercher du pétrole à Titusville. George Bissell et Jonathan Elvereth étaient de ceux-là. Ces deux industriels firent analyser un échantillon de pétrole brut par le chimiste Silliman qui en découvrit les multiples propriétés. Pressentant l'énorme potentiel commercial de ce liquide gras, noir et visqueux, Bissell et Elvereth fondèrent en 1854 la première compagnie pétrolière du monde et chargèrent William Drake de mener à bien les travaux de forage. Drake s'inspira des techniques mises au point par les foreurs d'eau de saumure. La construction de son puits fut achevée en mai 1858 dans le scepticisme général et les premiers forages débutèrent un an plus tard. Dans l'après-midi du 27 août, la tête de la foreuse entra en contact avec le gisement et une colonne de pétrole jaillit du puits en

bois ! La nouvelle se répandit comme une traînée de poudre et une massive ruée vers l'or noir jeta des milliers de gens sur les routes de la Pennsylvanie. Bissell et Elvereth avaient vu juste. Dès l'année suivante, le pétrole fut employé comme combustible, ouvrant de fantastiques débouchés industriels et commerciaux. Les avancées techniques se succédèrent alors. En 1864, Rudolf Leschot inventa le forage au diamant pour percer les roches les plus dures et en 1874, le premier pipe-line fut construit aux Etats-Unis. Quinze ans plus tard, au large de la Californie, on inaugurait le premier forage pétrolier dans la mer. La révolution de l'industrie pétrolière commençait.

MARÉE NOIRE

Le 16 mars 1978, le pétrolier Amoco-Cadiz s'échouait devant Portsall (Nord-Finistère): 223 000 tonnes de pétrole brut se déversèrent le long des côtes. La plus grande pollution pétrolière française commençait.
350 km du littoral breton sous le pétrole meurent d'asphyxie. La faune et la flore marines sont décimées. Les marins bretons sont désespérés. L'opinion publique est atterrée. Onze ans presque jour pour jour après le naufrage du Torrey Canyon (le 18 mars 1967 entre les Cornouailles et les îles Sorlingues, 120 000 tonnes de brut déversées dans la mer détruisirent 100 000 tonnes d'algues et 35 000 tonnes de poissons) et deux ans après celui de l'Olympic Bravery (le 24 janvier 1976, 800 tonnes déversées au large d'Ouessant), la fureur le dispute à l'incrédulité.

Les Français se disent que rien n'a été fait pour tenter d'empêcher de telles catastrophes. Ils se souviennent qu'après le naufrage du Torrey Canyon, l'envoyé spécial du général de Gaulle avait finement déclaré: "*Il y a une solution au drame, pour vous, les Bretons : que chacun s'arme d'un seau et d'une pelle.*" Onze ans après, rien, pensaient-ils, n'avait changé. L'image de l'étrave de l'Amoco-Cadiz pointant hors de l'eau comme un pied de nez et celle des oiseaux englués, les ailes dégoulinantes, restent dans toutes les mémoires du côté de Portsall et les indemnités obtenues à l'issue d'un interminable feuilleton judiciaire franco-américain ne les effaceront pas. La marée noire provoquée par l'Amoco-Cadiz n'est qu'un point noir de plus sur une bien longue liste.

DRAPEAU NOIR

Le Capitaine Kid pirate. Illustration Marcel Schwab.

Le mouvement anarchiste a adopté le drapeau noir comme symbole en 1883. Cinquante-trois ans plus tôt, il était apparu pour la première fois sur l'Hôtel de Ville de Paris lors de la Révolution de 1830. L'année suivante, le drapeau noir devenait l'emblème du mouvement des canuts. Anarchisme et drapeau noir sont aujourd'hui indissociablement liés et le noir est ainsi devenu la couleur du refus de l'autorité de l'Etat. Le 15 juillet 1872 fut créée en Suisse par le russe Michel Bakounine l'*Internationale anti-autoritaire*, première pierre de l'histoire du mouvement anarchiste. Dans son sillage, l'*Internationale anarchiste* naquit à Amsterdam en 1907. Pour mettre en pratique les idées d'une société sans contraintes et sans Etat, diverses tentatives de créer des communautés anarchistes à travers le monde eurent lieu à la fin du siècle dernier. Elles échouèrent, mais l'anarchisme connut dans ces années-là un activisme important, souvent violent, notamment à travers de nombreux attentats perpétrés en Russie, en France ou en Italie. Durant la Révolution russe, les anarchistes s'opposèrent aux bolchéviks, par exemple lors de la fameuse mutinerie des marins de Kronstadt, écrasée par Trotski. Pendant la guerre civile espagnole, les anarchistes catalans furent très actifs avant d'être violemment combattus puis bâillonnés par les communistes en 1937. Dans son roman *L'Espoir*, situé pendant la guerre d'Espagne, André Malraux écrit: "*Et le Christ? C'est un anarchiste qui a réussi. C'est le seul.*" Dans la deuxième moitié de ce siècle, peu à peu, l'anarchisme s'essoufla, même si quelques drapeaux noirs fleurirent sur les barricades de mai 68.

En chanson, la révolte anarchiste a été incarnée par Léo Ferré. "*Y'en a pas un sur cent, et pourtant ils existent / et ils se tiennent bien bras dessus-bras dessous / Joyeux et c'est pour ça qu'ils sont toujours debout / les anarchistes...*" Sa chanson *Ni Dieu ni maître* reprend le cri de ralliement des anarchistes: "*Ce cri qui n'a pas la rosette / Cette parole de prophète / Je la revendique et vous souhaite / Ni Dieu ni maître.*"

Ci-contre : Illustration Franz Mazerel.

A Rackham

NOIR CORBEAU

Le croassement du corbeau est un cri rauque et rude. Noir de pelage et noir de cri, maître corbeau a une noire réputation. Les proverbes du monde entier le confirment. En Savoie, on l'accuse de chanter mal: "*Jamais un corbeau n'a fait un canari.*" Ce que confirme un proverbe indien: "*Il ne suffit pas d'enfermer le corbeau dans une cage pour le faire chanter comme un perroquet.*" En Allemagne, la sagesse populaire affirme qu'il a un mauvais fond – "*Quand la colombe fréquente le corbeau, ses plumes restent blanches mais son cœur devient noir*", et qu'il se repaît de cadavres d'animaux – "*Une charogne rassemble les corbeaux*". Les Russes trouvent cet oiseau stupide – "*Les corbeaux ont passé la mer, l'esprit ne leur est pas venu*" – et pilleur de récoltes – "*Grain semé ne pousse plus si le corbeau l'a vu*". Enfin, les Arabes l'accusent d'ingratitude: "*Élève les corbeaux, ils te crèveront les yeux...*" Et n'oublions pas la Fontaine qui en fit dans la fable un oiseau prétentieux et imbécile face au rusé renard... Pauvre corbeau! Pourquoi tant de haine? Symbole funèbre à travers les âges, cet oiseau possède quand même quelques qualités: remarquable planeur, il excelle dans les loopings, piqués, vrilles et vole sur le dos! Mais cela ne suffit pas à le racheter à nos yeux. Même le petit du corbeau, pourtant tout d'innocence, se nomme corbillat. A deux lettres près, ce mot en évoque un autre, également tout de noir paré et de réputation guère plus engageante... Preuve supplémentaire de la mauvaise réputation du corbeau, nous avons donné son nom aux auteurs de lettres anonymes. En 1943, le film *Le Corbeau*, chef d'œuvre de Clouzot, inspiré d'un fait divers d'avant-guerre, l'a consacré. Dans une bourgade de province, les lettres anonymes se multiplient. Le docteur Germain (Pierre Fresnay), mal vu des bien-pensants, en est la première cible. Pour découvrir l'identité du corbeau dont les dénonciations menacent l'harmonie de la ville, une dictée collective est organisée. La mère d'un malade qui s'est suicidé suite aux révélations du corbeau sur son état de santé découvrira le coupable... Plus près de nous, l'affaire Grégory a prouvé que les "corbeaux" sévissent toujours. Pour lutter contre les coups de téléphone anonymes, les PTT ont mis au point un système d'identification des numéros d'appel. Les corbeaux n'ont qu'à bien se tenir... coi, coi.

Ci-contre: Les sept corbeaux.
Illustration de Rackham pour les contes de Grimm.

OISEAUX NOIRS

Ailes largement déployées, l'aigle noir file, effleurant le sommet des grands chênes, bascule à gauche puis à droite d'un coup d'aile nerveux. Apeurés, une centaine d'oiseaux se rassemblent alors en un gros essaim craintif et gagnent les branches d'un arbre voisin. L'aigle chasse. C'est lui, le plus puissant des oiseaux prédateurs. Son bec crochu, ses pattes robustes munies de griffes puissantes, ses ailes rapides idéales aussi pour planer et ses grands yeux, voilà ses armes pour capturer des proies vivantes. Guère de chances qu'elles lui échappent: un aigle audacieux, espèce proche de l'aigle royal, peut apercevoir un lapin à 1,5 km de distance! Les aigles noirs, présents dans presque toutes les régions du globe, ont largement souffert de la pollution et de la chasse.
Mais leur beauté et leur aura quasi magique leur permettent aujourd'hui de bénéficier de mesures de sauvegarde. En France, on peut observer des aigles noirs en liberté en Auvergne, et en particulier dans la forêt de Tronçais (Allier), dans le Vercors ainsi

L'Aigle noir de Barbara

Un beau jour
ou peut être une nuit
Près d'un lac
Je m'étais endormie
Quand soudain
Semblant crever le ciel
Et venant de nulle part
Surgit un aigle noir
Lentement les ailes déployées
Lentement je le vis tournoyer
Près de moi dans un bruit
Semblant d'ailes
Comme tombé du ciel
L'oiseau vint se poser

Il avait les yeux
couleur rubis
et des plumes de couleur de la nuit
A son front brillant de mille feux
L'oiseau roi couronné
Portrait un diamant bleu
De son bec il a touché ma joue
Dans ma main il a glissé son cou
c'est alors que je l'ai reconnu
Surgissant du passé, il m'était revenu
Dit l'oiseau on dit en mal de moi
Retournons au pays d'autrefois...

MERULA VULGARIS, *Ray*

que dans le parc des Ecrins (Isère) où leur consommation de marmottes est impressionnante. Parmi les autres rapaces noirs, on peut citer le milan noir ou le pygargue à tête blanche, emblème mais espèce décimée hélas, des Etats-Unis.
Autre oiseau au plumage de nuit, le cygne noir. Atteignant sa maturité sexuelle à dix-huit mois, il jette alors sa gourme avec autant d'appétit que d'absence de scrupules: il séduit, abandonne, tâte de la polygamie, bref il "s'éclate". Puis, avec l'âge viennent la sagesse et la raison. Le cygne noir se calme alors et affermit ses liens conjugaux...
Plus proche de nous, la pie bavarde arbore fièrement son pelage noir et blanc. Traditionnellement cantonnée dans les zones agricoles, elle s'aventure aujourd'hui de plus en plus vers les zones urbaines à la recherche des graines et des insectes dont elle se nourrit.
Non contente d'être bavarde, elle est parfois voleuse, surtout au détriment des

œufs qu'elle dérobe dans les nids d'autres espèces d'oiseaux.
Enfin, parmi les oiseaux au plumage noir, rendons hommage à quelques belles espèces exotiques: les grands pics, les hoccos d'Amérique du sud – de la famille des faisans –, les currawongs noirs de Tasmanie, les drongos de paradis, ces oiseaux téméraires, agressifs et hautains à la longue queue fourchue du plus bel effet. Et au chant si mélodieux qu'il parvient, dit-on, à rendre mélancoliques les grands singes de ces contrées...

Ci-contre: John Gould. 1804-1881. British Library. Londres

Ci-dessous: John Gould. 1804-1881. Le cygne noir. Christie's. Londres

INSECTES NOIRS

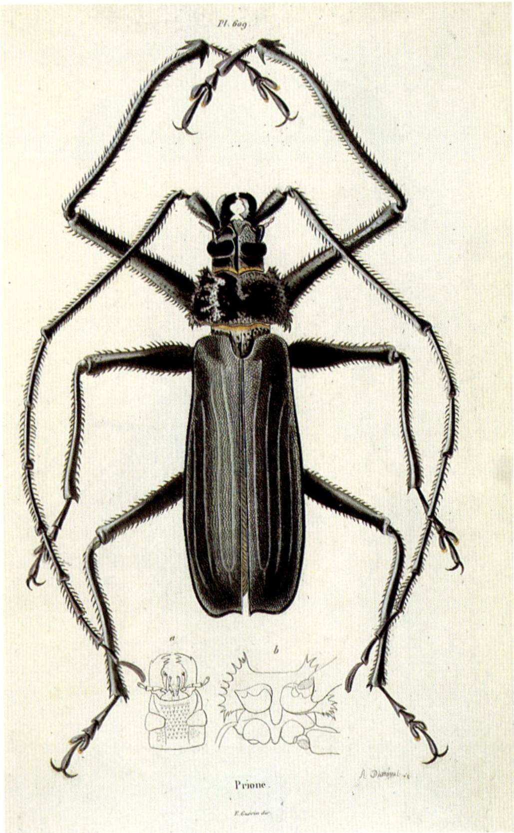

Dictionnaire pittoresque d'histoire naturelle. 1833.

Araignée mal connue, araignée mal aimée... Cet insecte de l'ordre des aranéides ne mérite pourtant pas cette indignité. Car l'araignée est une artiste de la toile, capable de réaliser ce chef d'œuvre de beauté et d'ingéniosité qui prendra au piège les autres insectes qui, inconscients du danger, fonceront dedans, tête baissée... Toutes les araignées ne tissent pas de toiles mais toutes pourraient le faire car toutes possèdent des filières dans l'abdomen leur permettant de tisser. Produits à l'état liquide, stockés dans des glandes spécifiques, les fils se solidifient rapidement au contact de l'air. Quelle merveille que l'épeire, ce type de toile à la fois le plus connu et le plus ingénieux ! Ce véritable filet tendu entre plusieurs supports brille au soleil et retient la rosée matinale. De forme plus ou moins carrée, elle est constituée d'un cadre de fils résistants et souples à la fois, agrémentés d'une spirale visqueuse où se prennent les insectes vivants. Pas tous, pourtant ! Car certains insectes diurnes sont capables de détecter la présence des fils de l'araignée. Les mouches, notamment ou les papillons qui, malins, ont sur le corps des écailles qui se détachent facilement, permettant au papillon de se dégager du piège. Au grand dam de l'araignée ! Les araignées font preuve d'une remarquable imagination dans les parades nuptiales. Chez certaines espèces, le mâle – plus petit que la femelle – offre une proie à l'élue de son cœur avant de consommer son amour. Délicate attention... Mais qui n'empêche pas certaines dames araignées de manger tout cru le monsieur pendant l'accouplement !
Insectes noirs encore, les scarabées, au corps massif protégé par une cuticule rigide, ne deviennent adultes qu'après une longue patience : les larves, blanches, peuvent passer plusieurs années dans le sol avant de se métamorphoser. Insectes blancs, patients ; insectes noirs, espoir...

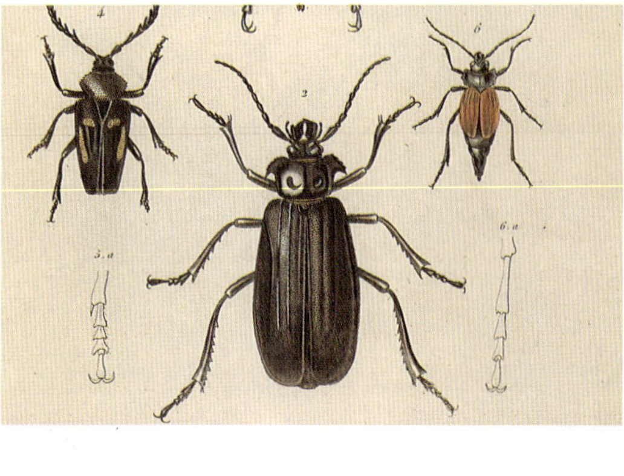

EXPOSITIONS
PARTICULIÈRE
LE DIMANCHE 15 MAI
PUBLIQUE
les 16, 17, 18 et
20 Mai 1898
AVANT LA VENTE
de 1.H ½ à 2.H ½
VENTE
HÔTEL
DROUOT
Salle N°1
Les Lundi 16, Mardi 17
Mercredi 18 & Vendredi 20 Mai 1898
à 2 Heures ½
COLLECTION
DU
CHAT NOIR
"Rodolphe SALIS"
DESSINS ORIGINAUX
· Aquarelles · TABLEAUX
Importante Composition
"PARCE DOMINE"
Par A. WILLETTE
Par le Ministère de
Me J. GUILLET Commissaire-Priseur
34, Rue Baudin
Assisté de
Mr F. CUÉREL Peintre Expert
10, Rue Eugène-Sue
chez lesquels on distribue le Catalogue
Steinlen
Imp. Charles Verneau, 114, Rue Oberkampf, Paris.

CHAT NOIR

Derrière un aspect patelin de gros dormeur, minet garde toujours un tempérament sauvage de prédateur et c'est sans doute cet élément non domestiqué que l'homme a longtemps craint chez le chat inventant des histoires extravagantes et quantité de rituels sataniques particulièrement à l'égard du chat noir. Certes, le chat comme les grands fauves pratique la chasse à l'affût avant de bondir sur sa proie mais de là à transformer le chat en animal cruel, vorace, hypocrite et diabolique il y a un abîme que les croyances populaires ont allégrement franchi.
La période difficile pour le chat noir date du Moyen-Age. Des accusations d'idôlatrie et de métamorphoses du diable en chat noir sont lieux communs en cette période trouble où l'inquisition traque sans relâche les sectes hérétiques et les sorcières.
Le chat noir, c'est avant tout le compagnon fidèle du sorcier.
Ceci certainement à cause de l'aveu des présumées sorcières qui, sous la torture déclaraient coupable de satanisme cet animal si familier. On jetait d'ailleurs souvent les chats noirs dans les brasiers où brûlaient les sorcières condamnées.
D'autres croyances accordent la faculté aux grands sorciers de pouvoir se métamorphoser en chat noir car cet animal souple, silencieux et nocturne leur permettait de se glisser aisément dans les maisons pour commettre leurs crimes.
Le chat noir participe encore de nombreux rites sacrificiels, ainsi à la fête de la Saint-Jean avait-on coutume de jeter des chats dans les feux de joie afin, sans doute, de symboliser la mise à mort de l'hiver

Ci-contre: Théophile Alexandre Steinlen. Le chat noir. Affiche. Bibliothèque des Arts Décoratifs. Paris.

Illustration de Rackham. 1909.

et du mal. Bouc émissaire, le chat noir a aussi inspiré de nombreux artistes notamment au XIXe siècle où la mode littéraire est fasciné par le fantastique et le bizarre. Au XXe siècle, la peur du chat noir a disparu et seuls quelques peureux croient encore aux superstitions qui affirment que croiser un chat noir porte malheur. Le chat noir devient plutôt un animal utilisé pour son côté coquin, c'est le cas pour l'enseigne du célèbre cabaret de Rodolphe Satis et le sympathique personnage du dessin animé américain *Félix le chat* dont la drôlerie et la bonne humeur sont communicatifs et le succès retentissant.

ANIMAUX **NOIRS**

Un jour de 1420, San Pedro Regalado, un moine espagnol quitta son couvent pour se rendre à Valladolid, sa ville natale. Soudain, il vit qu'un taureau noir sauvage fonçait sur lui, tête baissée. Invoquant le ciel, il ordonna alors au fauve de se prosterner devant lui. Miracle, le taureau obéit...
Ce prêtre savant et d'une grande profondeur humaine qui fut notamment le confesseur du roi de Castille Juan II mourut le 30 mars 1456. Mais son corps, conservé au couvent qu'il avait fondé près de Valladolid, demeura en parfait état de conservation.
Au point que trente-six ans plus tard, lorsque la reine Isabelle la Catholique voulut s'approprier une des mains du mort comme relique, du sang en coula... Celui qui avait su arrêter la course d'un taureau furieux fut canonisé en 1746 et devint le saint patron des toreros. Chaque 13 mai, à Valladolid, on fête San Pedro Regalado et le dimanche qui suit, une grande course de taureaux est organisée.
Pas de corrida sans taureaux noirs, ces bêtes puissantes élevées pour le combat. En Camargue, les taureaux de corrida proviennent soit d'un croisement entre des races camarguaises et espagnoles, soit de mâles et de femelles reproducteurs venant directement d'Espagne. Ces bêtes, corpulentes, toutes de nerfs et de muscles, pèsent entre 500 et 600 kg. Leur taille au garrot est supérieure à 1,20 m et leur tête massive surmontée d'une paire de cornes basses. Ces bêtes vivent en liberté et à peine âgés d'une dizaine de jours, les jeunes taureaux s'affrontent déjà à coups de tête. Plus tard, ils retrouveront dans l'arène des picadors montés sur des chevaux, noirs eux aussi, protégés d'un épais carapaçon, baptisé *peto* en espagnol. Ces pauvres chevaux de corrida reviennent de loin ! En effet, quitte à faire hurler les adversaires de la corrida, on peut parler de "progrès" dans cette course à la mort : jusqu'en 1928, le cheval du picador n'était pas protégé... Dans la seconde moitié du XIXe siècle, les taureaux étaient plus féroces qu'aujourd'hui. Résultat, il arrivait fréquemment qu'une même bête tue en les éventrant... une vingtaine de chevaux durant une seule corrida. Sans parler de leurs cavaliers, soumis à un régime à peine moins cruel. Mais eux, au moins, étaient volontaires...

Ci-contre : André Brasilier. Reprise des écuyers. Détail. 1964. Collection particulière.

POULE NOIRE

Voltaire disait: "*Il faut revenir à ce proverbe populaire : la poule a-t-elle été créée avant l'œuf ou l'œuf avant la poule ? Le proverbe est bas, mais il confond la plus haute sagesse.*" Mais oui, la poule, dont la réputation intellectuelle n'est pourtant guère flatteuse, est au cœur de l'une des questions existentielles les plus brûlantes et les plus délicates... Pauvre poule, on ne l'estime guère ! Et pourtant, depuis des siècles, elle caquète et jabote joyeusement dans nos fermes, nous régale de ses œufs et son mâle est devenu l'emblème de notre orgueil national...
De nombreuses espèces de poules ont le plumage noir. La poule alsacienne, par exemple, une des rares volailles françaises à ne pas avoir été croisée avec des races d'origine asiatique.
Figurant depuis 1979 sur la liste des animaux en voie de disparition en raison de la baisse sévère de ses effectifs, elle demeure néanmoins assez abondante dans sa région d'origine. Rare également, la poule Caumont, originaire d'une petite bourgade du Calvados, a le plumage noir à reflets verdâtres, autrefois largement utilisé pour la literie.
De son côté, la Bresse-Gauloise, dont il existe une variété noire, est l'une des volailles les plus massivement élevées en France comme à l'étranger. Elle est réputée pour être une très bonne pondeuse d'œufs à la coquille très blanche. Bonne pondeuse également, la poule noire de Pavilly peut pondre jusqu'à 200 œufs par an... Mais puisque, à l'instar des humains, personne n'est parfait chez les poules, si elle est bonne pondeuse, la poule noire de Pavilly est mauvaise couveuse...

Ci-contre : Illustration Michel Lablais.

Noire également, la poule de la Flêche est trapue, avec des cuisses longues et fortes et une crête formée de petites plumes fines et droites, très originales...
Mais parmi les races pures élevées par les amateurs, la palme des couveuses revient sans doute à la Nègre-Soie, cette race d'origine asiatique dont il existe une variété noire. Cette poule douce, demi-naine, peut couver jusqu'à une dizaine d'œufs... Et même des œufs issus de poules d'autres races. Championne de la couvée et de la tolérance !

Myrtilles
50

FRUITS NOIRS

La myrtille doit son nom à la forme des feuilles qui la dissimulent et qui évoquent fortement les feuilles du myrte. Appréciant les endroits de moyenne altitude arides et ombragés, les myrtilles sont fréquentes dans le Jura, les Vosges, les Alpes ou l'Auvergne. Mangée sitôt cueillie, elle ne laisse pas un souvenir impérissable. Par contre, sucrée, en gelée, en confiture ou, régal des montagnards, en tarte, elle révèle sa finesse et la puissance de son goût. Et c'est tellement amusant d'avoir les dents noires...
Autre fruit noir qui pousse en liberté le long des chemins : la mûre. Fruit de la ronce, elle constitue le dessert gratuit par excellence. C'est l'amie des promeneurs, le réconfort des marcheurs et un efficace moyen de redonner un peu de patience à de jeunes enfants fatigués de se promener dans la campagne et demandant sans cesse : "Quand est-ce qu'on arrive ?"...
Le raisin est également un fruit aux résonances divines... Les Grecs faisaient de la vigne une création du dieu Dionysos, le dieu du vin. C'est d'ailleurs après s'être transformé en une grappe de raisin qu'il fit la cour à Erignoné, la fille du roi Icarios. Le stratagème réussit pour Dionysos mais fut funeste à la pauvre Erignoné qui alla se pendre sur la tombe de son père. C'est dire si le vin, depuis les temps les plus reculés, fait perdre la tête... En plus de ses bienfaits dont, aux termes de la loi, il faut user avec modération, le raisin a des vertus thérapeutiques connues. Le raisin noir est recommandé en cas d'hémorroïdes. Mais également pour lutter contre la goutte, la constipation ou les rhumatismes. Parole de Dionysos ! Parole d'ivrogne!..

Compote de myrtilles

Faire chauffer ensemble 1 kg de myrtilles, 350 gr de sucre et un verre d'eau. Dès que le mélange commence à bouillir, retirer la casserole du feu. Puis laisser refroidir.

Jusqu'au XVIe siècle, le mot cassis n'existait pas. Pour désigner ce fruit, on parlait de "groseille noire". En France, le cassis, fruit d'origine nord-européenne, commença à être cultivé dans la région de Dijon. Guère étonnant dans ces conditions que le kir, ce fameux apéritif constitué d'un mélange de vin blanc et de sirop de cassis, soit né à Dijon... Amer, le cassis ne se mange guère que préparé en compote, confiture, gelée ou pâte. Mais ce fruit riche en vitamine C aurait le pouvoir de favoriser l'acuité visuelle et posséderait des vertus digestives, sudorifiques et diurétiques. Le gargarisme de baies de cassis est recommandé, dit-on, en cas d'inflammations de la cavité buccale, d'angines ou de catarrhes. On rapporte également que les feuilles du cassissier étaient autrefois utilisées pour guérir les chiens mordus par des vipères. La figue, elle, est un fruit béni des dieux. Le figuier est en effet le premier végétal cité dans l'*Ancien Testament*: Adam et Eve ayant pris conscience de leur nudité se firent des pagnes à l'aide de feuilles de figuier... Bien avant la feuille de vigne ! Certains exégètes grecs allèrent même jusqu'à écrire que le fruit défendu de l'Eden n'était pas une pomme mais une figue... Chez les Romains, le figuier était vénéré pour avoir abrité les jumeaux Remus et Romulus à leur naissance. En Chine, ce fruit, lourdement chargé de symbolique sexuelle, est un gage d'éternité et d'immortalité. Et dans tout l'Orient, le figuier occupe aussi une place à part: la légende veut en effet que Bouddha reçût son illumination sous un tel fruit...

Ratafia de cassis

Dans une casserole, écraser à la fourchette les grains d'une livre de cassis éclatés, sans en faire de la purée. Les placer dans un bocal, puis ajouter un litre d'alcool à 70°, 350 g de sucre en poudre, 5 clous de girofle et 1 g de cannelle. Laisser macérer trois semaines, puis filtrer en pressant et ajouter le sirop à froid. A ne pas consommer avant un mois ou deux.

Vin de figues

Dans une dizaine de litres de vin blanc ni trop sec ni trop sucré, faire tremper 1 kg de figues. Ajouter 1 kg de sucre cristallisé, une grappe de gros raisin blanc et 1/2 gousse de vanille. Mettre la bassine aur le feu et amener à ébullition. Remuer longuement avec une spatule en bois. Une fois que le sucre est dissous, laisser refroidir. Filtrer et mettre en bouteille.

Ci-contre: Lemoyne de Morgues. Figue. 1568. Victoria and Albert Museum. Londres.

OLIVE NOIRE

A l'évocation de l'olive, c'est toute la Provence, ses frémissements, ses odeurs, la chaleur des pays du Sud qui viennent chatouiller les sens. L'esprit s'évade, plus loin encore, du côté de la Calabre, musarde en Grèce, Espagne ou Portugal, avant de gagner les pays du Maghreb, puis le Liban ou le jardin des oliviers de Jérusalem...
"*De couleur noir brillant ou mat, noir violacé ou brun noir, non seulement sur la peau mais dans l'épaisseur de sa chair, cueillie à pleine maturité et riche en huile.*" Ainsi Jean Pagnol, dans son ouvrage intitulé *L'Olivier*, définit-il l'olive noire, celle-ci est en effet le fruit d'une longue maturation qui voit l'olive passer d'un vert franc à un vert tendre ou jaune ("olive cassée") puis à un rose vineux, bientôt violacé qui finira par tendre sur le brun ("olive tournante"). Les olives vertes que nous consommons sont donc des fruits cueillis avant leur maturité, baignés dans une solution alcaline (soude) afin d'être adoucis, et conservés dans une saumure.

La tapenade

Recette de la tapenade pour 8 personnes: Mixer ou piler au mortier 200g d'olives noires rincées et dénoyautées, 100g de filets d'anchois, 100g de ton (mariné à l'huile ou au naturel), 200g de câpres, 1 cuillère à soupe de moutarde et 1 gousse d'ail. Une fois obtenu un mélange homogène, incorporez lentement deux décilitres d'huile d'olive. Selon votre fantaisie, ajouter du cognac, des œufs durs coupés menus ou du thym émietté. Ne pas oublier de poivrer. La tapenade peut être servie sur des toasts, chauds ou froids, ou sur des tranches de pain de campagne. On peut l'utiliser pour farcir des œufs ou des oignons.

Les olives noires, elles, non désamérisées, sont conservées en saumure ou au sel sec. Si l'olive verte est souvent la plus demandée, l'olive noire possède une plus importante valeur nutritive. On trouve dans ce fruit des éléments minéraux: soufre, phosphore, chlore, magnésium, calcium... Sa valeur énergétique est ainsi également supérieure, en général, à celle des autres fruits et légumes. L'huile d'olive (il faut 5 kg d'olives mûres pour obtenir 1 kg d'huile) possède elle aussi des vertus. Par son taux d'acide oléique, elle est digestible à 100%. En 1991, la France produisait 1360 tonnes d'olives vertes et 1320 de noires. Un chiffre qui la place loin derrière l'Espagne (3150000 tonnes d'olives de table), l'Italie (3000000) et la Grèce (1750000).

LÉGUMES NOIRS

Le radis noir était le seul radis connu dans l'Antiquité. Mais il était vulgairement considéré. La preuve, en Egypte, on en servait aux ouvriers qui construisaient les pyramides. Largement cultivé en Orient,et notamment au Japon et en Chine, le radis noir s'est répandu dans toute l'Europe sous l'Empire romain. Mais sa réputation ne s'améliore pas pour autant. Les médecins le jugent peu nutritif –ils n'ont pas tort–, voire nuisible –c'est une erreur–. Mais s'il n'est guère prisé comme aliment, la science d'alors reconnaît au radis noir des vertus thérapeutiques et le prescrit pour lutter contre les maux de gorge, la coqueluche et les affections de la vésicule biliaire. Aujourd'hui, le radis noir n'est toujours guère prisé chez nous. On lui préfère les petits radis blancs et rouges.

Mais on ignore toujours si ces deux radis sont issus d'une même famille...

Noire également, la scorsonère est souvent confondue avec le salsifis, plus clair, à forme de carotte. La preuve, on la nomme souvent "salsifis noir". Le nom de scorsonère, d'origine espagnole, signifie "noire vipère" et sa racine fut longtemps considérée comme le seul remède efficace à la morsure de "l'escorsu", un serpent d'Espagne très venimeux.

Mais s'ils ne sont pas identiques, scorsonères et salsifis sont néanmoins très proches, partageant la même saveur et se cultivant de la même façon.

Légumes d'hiver, ils sont semés au printemps et récoltés en automne.

Recette russe: Radis noirs en vinaigrette

Pour 6 personnes, choisir un gros radis noir, le laver, le peler puis le couper en fines rondelles. Laver celles-ci, les couvrir puis les laisser reposer une heure et demi. Puis mélanger l'eau qui en est sortie avec du vinaigre et de l'huile d'olive. Enfin, assaisonner le radis avec cette vinaigrette et agrémenter d'aneth haché.

Scorsonères ou salsifis aux herbes

Faire cuire 1 kg de scorsonères coupées en deux avec le jus d'un citron à l'eau bouillante salée. Quand elles sont bien tendres, les égoutter. Puis, faire fondre le beurre à feu vif et verser les légumes. Bien remuer et incorporer les herbes: 1 cuillérée à café de marjolaine en poudre, de ciboulette hachée, d'estragon haché et d'herbes de Provence en poudre et une cuillérée à soupe de persil haché. Puis faire cuire 2 mn et servir aussitôt. Pour améliorer, il est possible de napper le tout de yaourt. Les légumes sont ainsi appelés "doigts de mort". C'est excellent pour décongestionner le foie et les reins!

Les lentilles

Contrairement aux autres légumes secs, elles ne demandent pas de trempage. Elles sont riches en cuivre, en fer et en fluor, en calcium, magnésium, phosphore et potassium ainsi qu'en vitamine B.

Une fois blanchis quelques minutes à l'eau bouillante, ils sont faciles à éplucher. Ensuite, on peut les déguster au beurre, au jus, en gratin ou en beignet.
Autre légume noir, le champignon dit "trompette de la mort". Il ne faut pas se fier à son nom, il est parfaitement comestible et même délicieux, notamment préparé avec des chanterelles et des pleurotes au sein d'une cassolette de champignons aux pieds de mouton...
Autre régal de nos tables, les lentilles ne suscitent pourtant plus guère l'enthousiasme de nos papilles. Au siècle dernier, chaque Français en mangeait en moyenne 50 gr par jour. Aujourd'hui, ce légume sec, sain et bon marché à la fois, se fait rare. Et pourtant, il est riche en fer, en protéines et en fibres tout en étant pauvre en graisses. Bref, un légume idéal. Les lentilles sont nées sur les bords du Nil.
De là, elles gagnèrent la Palestine, puis la Grèce et Rome. Aliment, les lentilles, autrefois, servaient également à protéger les objets fragiles, à l'image de la mousse de polystyrène aujourd'hui. Il paraît que l'Obélisque du Vatican aurait ainsi navigué dans la cale d'un bateau, au milieu de tonnes de lentilles qui la protégeaient et absorbaient les chocs ! Autant dire que les lentilles n'étaient pas considérées comme un aliment précieux.
En Grèce antique, elles nourrissaient les pauvres et les philosophes. Plus tard, en Angleterre, elles seront servies aux chevaux et les médecins en déconseillaient fortement la consommation par les humains. À Paris, Ambroise Paré qui la recommandait pour lutter contre la petite vérole faisait figure d'illuminé...
Plus près de nous, on insinuait que les lentilles servies à l'armée comptaient de nombreux cailloux. C'était vrai et cela permettait aux marchands de lentilles d'augmenter un peu le poids de leurs livraisons... Conséquence, lorsqu'aujourd'hui, autour d'un plat de lentilles, vous voyez certains convives décortiquer leur assiette avec une grande vigilance, ne vous inquiétez pas : c'est un souvenir de service militaire !

Contre la toux, du sirop de radis noir

Alterner dans une terrine des couches de sucre candi et de rondelles de radis noir. Au bout de 24 heures, un sirop se forme. Il convient de le filtrer et d'en consommer une cuillerée à soupe toutes les deux heures. Ça calme la gorge et, en plus, c'est très tonique !

TRUFFE NOIRE

Enfants de la terre selon Pline, enfants des dieux selon Porphyre, diamant noir de la table selon les fins gourmets, les truffes fascinent l'homme depuis l'Antiquité. C'est une forme de champignon poussant sous la terre comme des pommes de terre. Les truffes ne représentent qu'une étape du cycle de vie assez compliqué d'un organisme microscopique. La plupart sont noires ou bruns foncés quoiqu'il existe des truffes blanches. Pour pousser les truffes ont besoin du voisinage d'arbres ou d'arbuste "truffiers" avec qui elles entretiennent des relations particulières: les meilleurs arbres truffiers: pour la truffe noire du Périgord ce sont les chênes *Quercus*

La Truffe selon Colette

"... La vraie truffe, la noire, la périgourdine. C'est la plus capricieuse, la plus révérée des princesses noires. On la paie son poids d'or, le plus souvent pour en faire un piètre usage. On l'englue de foie gras, on l'inhume dans une volaille surchargée de graisse; on la submerge hachée, de sauce brune, on la marie à des légumes masqués de mayonnaise. Foin des lamelles, des hachis, des rognures, des pelures de truffe! Ne saurait-on l'aimer pour elle-même? Si vous l'aimez, payez sa rançon royalement – ou écartez-vous d'elle. Mais l'ayant achetée, mangez-la comme un légume qu'elle est, chaude, servie à fameuses portions. Sa souveraine saveur dédaigne les complicités et complications. Baignée de bon vin blanc très sec... salée sans excès, poivrée avec tact, elle cuira dans la cocotte noire couverte. Pendant vingt-cinq minutes, elle dansera dans l'ébullition constante, entraînant dans les remous et l'écume – tels des tritons joueurs autour d'une noire Amphitrite – une vingtaine de lardons, mi-gras, mi-maigres, qui étoffent la cuisson. Point d'autres épices! Vos truffes viendront à la table dans leur court-bouillon. Servez-vous sans parcimonie..."

pedunculata et *Quercus sessiflora*. Autrefois, pour créer une truffière, il fallait d'abord planter des chênes, puis attendre douze ou treize ans avant d'espérer la première truffe. Maintenant grâce aux recherches de l'INRA avec d'autres plantes que les chênes, une truffière peut produire au bout de deux ou trois ans. Pendant la "saison", dans le Périgord et le Quercy d'octobre à février, les récoltes s'espaceront tous les cinq à sept jours. Pour trouver ces diamants noirs enfouis sous la terre, il faut du flair. Le cochon, et surtout la truie qui en sont très friands, ont un odorat très développé. Ainsi, est-il inutile de les dresser pour "chasser" les truffes. Il faut tout de même empêcher les porcins de les manger et même un jeune animal est difficile à maîtriser. En Italie, par contre, on préfère travailler avec un chien dressé choisi parmi les races de rapport ou d'arrêt: épagneuls, retrievers, etc. On habitue la jeune chienne de préférence à la chasse en lançant une truffe enveloppée dans un bas en nylon et en la récompensant lorsqu'elle la ramène. L'étape consiste à enterrer une truffe dans un terrain caillouteux. On fait jeûner la chienne une demi-journée pour l'affamer. On l'amène sur le terrain en lui faisant sentir une truffe qu'on a dans une main; de l'autre on lance une pierre près de la truffe enterrée. En cherchant la pierre, la chienne par son flair naturel trouvera la truffe. On récompense le chien quand il ramène la truffe. Au bout d'une semaine l'animal doit être capable de localiser ces champignons. Pour les maîtres impatients de résultats, il existe des écoles de dressage de chiens truffiers. Avec l'âge certains vins Pomerol prennent un goût de truffe ce qui fait d'eux un choix excellent pour accompagner des pommes de terres farcies aux truffes.

CAVIAR NOIR

Or noir pour l'Etat russe, propriétaire de tous les esturgeons du delta de la Volga; marché noir pour les braconniers d'Ikryanoyé (littéralement: village du caviar) qui vendent à la sauvette, pour 150 roubles, un kilo bon poids de beluga grossièrement emballé dans du papier journal; misère noire pour les pêcheurs perclus de rhumatismes... le très célèbre et très cher caviar de la mer Caspienne n'est jamais que le fruit d'un atavisme antédiluvien.
Chaque printemps, mus par un réflexe génétique irrésistible, osciètres, sévrougas, bélougas et sterlets s'en vont déposer leurs précieux œufs dans les mêmes frayères.
A l'époque des amours, un quart du poids de la femelle fécondée peut se retrouver scellé dans une boîte prestigieuse, cédée à prix d'or lors de nos réveillons occidentaux.
C'est dire les convoitises que cette gourmandise –plutôt récente au demeurant– attisent. A la fin du Moyen-Age, l'on trouvait encore des esturgeons, frétillant comme jeunes ablettes, à Lyon, au confluent du Rhône et de la Saône.
Mais c'était là piètre prise, juste bonne à étoffer la soupe des miséreux.
Du reste, les pêcheurs actuels de la Volga échangeraient encore quelques kilos d'esturgeon frais contre un seul de nos steaks hachés surgelés ou –mieux– une bonne livre de pommes de terre.
Il faut les comprendre ! Matin, midi et soir, avec du pain et des radis tout aussi noirs, ils ne se repaissent que de caviar: en soupe, en tartines, à la louche, tel est le menu obligé, quotidien, répétitif, de la "cantine".
Alors, le secret du caviar tiendrait-il à sa recette ? Point du tout ! Plus simple, on ne voit guère que l'œuf à la coque.
Rabattu par des filets, pêché à la main, l'esturgeon passe quelques instants vivant dans une barge emplie d'eau de mer.
De là, il gagne un bateau-usine.
Proprement assommée, la femelle subit une césarienne. L'on extrait sa fabuleuse cargaison d'œufs que l'on rince dans un tamis. On la fait rapidement macérer dans un mélange de sel et de borax.
Et puis, c'est tout ! Embouteillage, estampillage, voyage... l'or noir gagne boutiques et restaurants chics de Paris, Londres, New York où sa valeur atteint des sommets inégalés.
Snobisme, additifs et colorants aidant, les œufs de l'humble lompe –pompeusement baptisés "caviar" – tartinent joliment nos canapés de cadre plus ou moins dynamique.
Tandis que la dinde aux marrons, longue à accommoder, déserte nos réveillons.
Et que le riz (oui, le riz !) planté massivement sur les rives de la Volga, et traité à grands coups de pesticides, menace la pure et simple survie de l'esturgeon.
Civilisation, quand tu nous tiens !

Dans l'esturgeon, tout est bon !

"On n'a pas toujours du caviar." Faute d'or noir, certains auteurs de polar se sont payé le luxe d'un best-seller, avec une intrigue bien ficelée, sous un titre aguicheur. Mais, vous l'ignoriez sans doute: avant que les œufs d'esturgeon ne soient passés au tamis, la membrane de la matrice qui les contient est soigneusement mise de côté. Elle sera recyclée, sous forme de nourriture concentrée, à l'usage des cosmonautes ! Et, l'esturgeon, l'on en fait aussi de la colle, si, si !

PERLE NOIRE

La perle noire, comme la perle blanche, est l'un de ces merveilleux accidents de la nature. Au début, un grain de sable ou un minuscule animal marin, entraîné par l'eau, passe entre les lèvres d'une huître perlière et se loge près de son corps. Pour combattre l'intrus l'huître réagit en l'enveloppant par des couches concentriques de calcaire et de cristaux d'aragonite. Le résultat final de ce processus est la perle. Si seulement l'homme possédait ce même don de transformation. Mais hélas, ce qu'a l'homme de plus semblable sont les calculs rénaux. La finesse et, par conséquent, la valeur d'une perle dépend du jeu de la lumière en profondeur, dans la matière, appelé son orient. La réflexion en surface de la lumière constitue son lustre. Les plus belles perles réunissent ces deux qualités. Encore plus rare, la perle noire croît à l'intérieur du coquillage *pinctada margaritifera* également connu pour son nacre. On le trouve principalement dans les lagons en Polynésie française. Qu'est-ce qui définit la couleur de la perle ? Plusieurs facteurs entrent en jeu : la couleur des lèvres de l'huître (celles de *pinctada margaritifera* sont noires) ainsi que la nature et la température de l'eau. La pigmentation des huîtres perlières change non seulement d'un lagon à l'autre mais à l'intérieur d'un même lagon. Le blanc, le crème et le noir sont les couleurs les plus recherchées mais il existe des perles brunes, grises, roses, dorées, bleues et vertes. Plusieurs légendes racontent la création de la perle. Pour les Grecs elle est associée à la naissance de Vénus, dans tout l'Orient on imagine la perle comme une larme d'ange ou les pleurs de sirène. Une autre légende encore la lie à la Chute. Les larmes de repentir versées par Eve se sont transformées en perles blanches. Celles d'Adam versées à l'expulsion du paradis sont devenues des perles noires. Plus généralement, les perles représentent les pleurs de tout ceux qui ont souffert sur cette terre. Celles des femmes et enfants donnent des perles blanches ou rosées, les pleurs des hommes, plus rares donnent des perles noires ou grises.

Hollande. Anonyme. Portrait d'une dame. XVIe siècle. Musée des Beaux Arts André Malraux. Le Havre.

La perle au vinaigre

A Rome, au cours d'un mémorable repas qui dure dix jours entiers, parmi les plats les plus invraisemblables l'empereur Héliogabale fait servir du riz aux perles. Caligula et Claude à leur tour pratiquent la mode de faire dissoudre des perles dans du vinaigre et de le boire en l'honneur d'un ami ou d'une bien-aimée.

FLEURS NOIRES

Pour l'amateur de fleurs noires, la quête peut être parfois ardue. Par exemple, si l'on s'en tient à son nom botanique, *Helleborus nigra*, (Hellébore noire) semble répondre aux attentes. Mais quelle déception lorsqu'on apprend que cette plante est plus connue sous le nom de la rose de Noël et que ses fleurs sont d'un blanc immaculé. Le "noir" de son nom botanique prête facilement à confusion car il fait référence aux racines effectivement noires qui ont servi dès l'Antiquité dans les remèdes traitant la folie ainsi que l'extérieur des pétales et les tiges qui sont les uns et les autres pourpre foncé.
Chez les iris, la recherche sera un peu plus fructueuse. Il existe parmi les très nombreux hybrides plusieurs iris classés "presque noirs" aux noms évocateurs. Dans le cas de *Night Owl* (Hibou de nuit) et *Study in Black* (Etude en noir), le choix des noms est explicite. Le troisième *Interpol* est plus équivoque. Une teinte très sombre sied bien au crime et à plus forte raison aux criminels internationaux, mais l'organisation qui les traque ne vaut-elle pas plutôt un iris au blanc pur ou rouge triomphant ? Mais en fait comment contrôle-t-on l'appelation des couleurs chez les végétaux de pays en pays ? Qui et qu'est-ce qui décide ce qui est "presque noir" plutôt que "gris foncé" ou "brun foncé" ? En France la norme en vigueur est la *Royal Horticultural Society Colour Chart* élaborée en 1942 et remaniée en 1966. Divisée en quatre nuanciers, elle comprend deux cent deux tons présentés chacun en quatre dégradés. Le brun-gris se trouve sur la fiche n°199, brun n° 200, gris n° 201 avant d'arriver au noir sur la fiche n° 202. La comparaison entre la fleur d'un nouvel hybride et les fiches exige beaucoup de soin et d'attention : fleurs et feuillages doivent être dans un parfait état, l'examen doit avoir lieu sous un bon éclairage, etc.
Devant cette pénurie naturelle, l'homme a créé du noir là où il n'y en avait pas. Grâce aux recherches horticoles, il existe maintenant des variétés noires ou presque noires de plusieurs fleurs communes connues de tous : œillet, pensée, rose trémière et pavot.

La pensée noire

Pour les chevaliers réunis autour de la Table Ronde du roi Arthur, la pensée avait des pouvoirs prophétiques. Pour connaître leur destin, ils consultaient ces fleurs dont les couleurs et les dessins annonçaient bonne ou mauvaise fortune. Les chevaliers consultaient des petites pensées sauvages guère plus grandes qu'une violette. Au XIXe siècle les pensées à fleurs géantes ont été créées et parmi elles des pensées entièrement noires telles du velours.

Ci-contre : Encyclopédie du règne végétal. Bruxelles. 1932.

IRIS susiana.

III CL. Lith. de Burggraaff

La TULIPE NOIRE
Alexandre Dumas

TULIPE NOIRE

Comme la rose bleue ou le camélia jaune, la tulipe noire représente depuis des siècles un absolu pour des horticulteurs amateurs et professionnels. Déjà au XVIIe siècle cette fleur a déclenché en Hollande ce qu'on appellerait aujourd'hui un "phénomène de société". Dans les années 1630, les bulbes de tulipes sont devenus un véritable objet de spéculation : les fortunes se gagnaient et se perdaient du jour au lendemain. Après deux ou trois ans de folie financière, le krach arrive et la mode passe. Les bulbes toujours très prisés par des vrais amateurs sont redevenus simplement des bulbes. Alexandre Dumas était pour beaucoup dans la renaissance de ce "mythe" au XIXe siècle en lui dédiant en 1850 un roman intitulé tout simplement *La Tulipe Noire*. Situé au XVIIe siècle en Hollande, l'action se résume aussi simplement : la société tulipière de Haarlem propose une très forte somme d'argent "pour la découverte...de la grande tulipe noire et sans tache, problème non résolu et regardé comme insoluble". Deux hommes, Cornélius van Baerle et Boxtel, tulipomanes confirmés, se lancent dans la course. Van Baerle est l'élu des dieux, tout lui réussit dans sa quête du noir absolu. Animé par la jalousie et la haine, Boxtel dénonce son adversaire qui est emprisonné. Dans la suite de l'histoire Dumas emploie les mêmes recettes qui ont fait sa gloire de romancier : un complot compliqué, mélange savant de violence et d'amour, construit à partir de faits historiques qu'il façonnait à sa guise, des retournements de situation à répétition, un sens du détail et du suspens inégalé à son époque. Chez Dumas le Bien l'emporte sur le Mal et les personnages sont peints en grands aplats de noir et blanc plutôt qu'en des nuances de gris.

La véritable tulipe noire reste encore à trouver bien qu'il existe des variétés brun ou marron sombre telles *Black Parrot* dont les bords de pétales sont frangés et *Queen of Night* (Reine de la Nuit). Néanmoins tous les espoirs restent permis pour une tulipe noire correspondant à la fiche n° 202 du nuancier officiel, car l'impossible rose bleue deviendra réalité dès 1996, précédée en 1995 par le premier œillet bleu.

Un univers impitoyable

Après des années de recherches, on raconte qu'au XVIIe siècle un savetier de la Haye réussit à produire une tulipe entièrement noire. Contacté par un groupe de fleuristes de Haarlem désireux de se la procurer, l'amateur refusa l'offre. Il finit par se laisser convaincre au prix de 1 500 florins. Au moment de conclure l'affaire, le bulbe fut écrasé sous le pied de l'un des acheteurs. Eux aussi, confièrent-ils, avaient réussi une tulipe noire et, pour éliminer toute concurrence, auraient payé jusqu'à 10 000 florins. Le savetier rentra chez lui et mourut de chagrin dans la nuit.

SOUTANE NOIRE

Vêtement traditionnel du prêtre, la soutane fut longtemps identique au longues robes que portaient autrefois tous les gens de savoir: médecins, juges, professeurs, etc. Curieusement, si les prêtres ont aujourd'hui abandonné la soutane, d'autres professions – magistrats, professeurs d'université... – continuent de porter ces longues robes noires pendant leurs activités professionnelles ou à l'occasion de certaines cérémonies... La soutane, mot dérivé du terme italien "*sottana*" qui signifie "vêtement de dessous", est devenu l'habit du clergé à la fin du XVIIIe siècle. Toujours noire pour les prêtres (alors qu'elle est violette pour les évêques, rouge pour les cardinaux et blanche pour le pape), pourvue d'une longue rangée de boutons sur le devant, elle était généralement serrée à la taille par une large ceinture de tissu. Mais la soutane fait aujourd'hui partie des accessoires rangés au grenier de la modernité. Depuis une vingtaine d'années, elle est massivement abandonnée au profit du plus anonyme – mais plus pratique – costume dit de *clergyman*, noir aussi, parfois porté avec un col romain et agrémenté d'une petite croix de métal au revers du veston. Si depuis longtemps, l'habit ne fait pas le moine, aujourd'hui, il ne fait pas non plus le prêtre... Résultat, chacun peut constater qu'il est de pus en plus difficile d'identifier un prêtre du premier coup d'œil. Un mouvement de résistance à cette modernité s'organise du côté des prêtres intégristes, partisans de la messe en latin, qui portent avec ostentation la soutane comme un drapeau, comme un symbole. Et même chez les laïcs, la disparition de la soutane n'a pas fait que des heureux. Certains la déplorent, comme la chanteuse Anne Sylvestre qui l'exprime avec ironie dans sa chanson *Regrets d'une punaise*: "Moi j'aimais les soutanes / Avec tous leurs petits boutons / Ça faisait moins profane / Que leurs complets vestons..." Et, perfide, d'ajouter: "Dans leurs soutanes, ils étaient beaux / Mais ils sont minables avec leur polo..."

Ci-contre: Johann Zoffany. 1733-1810. Le révérend Philip Cocks. Agnews and Sons. Londres.

CHAUSSETTES NOIRES

En 1960, Claude Moine, alias Eddy Mitchell, se rend chez Eddy Barclay pour sa première audition. Dans un coin, on tente de faire chanter le singe Hubert de Bonnemanière en le pinçant. Eddy se rassure et se persuade qu'il a toutes les chances d'enregistrer quelques titres: "*Ce que peut faire un singe, un homme doit bien y parvenir !*" Eddy Barclay le reçoit et lui demande de chanter, il est séduit et engage immédiatement les cinq rockers. Il faut maintenant trouver un nom au groupe. Jean Fernandez propose Eddie Daners et les Daners. Mais Eddie Barclay préfère Eddie et les Chaussettes Noires. En fait, le PDG de la société Stemm (qui fabrique les fameuses chaussettes Stemm) sort à l'instant de son bureau, il vient d'y déposer un chèque coquet et entend bien développer son image de marque auprès des jeunes.

Et oui, le monde du rock'n'roll est aussi une formidable machine commerciale... Bientôt, Eddy et les Chaussettes Noires se produisent sur scène. Les chorégraphies sont réglées par un certain Claude François. C'est le succès, Eddy a tout juste dix-huit ans et sa carrière va s'interrompre injustement: c'est l'heure du service militaire. On est en 1961, la France se bat en Algérie, Eddy n'a aucune chance de se faire réformer, il part donc chanter pour les bidasses.

A son retour, en 1962, il attaque une carrière solo et sort son premier 45 tours: *Mais reviens-moi*. Ici finit la grande aventure des Chaussettes Noires qui cède place au rocker solitaire, Eddy Mitchell.

PHOTO HERMAN LEONARD

70 458 (M)

LES CHAUSSETTES NOIRES

JE REVIENDRAI BIENTOT · SHOUT SHOUT
ROLY POLY · HEY, LET'S TWIST

CUIR NOIR

Il y eût Rudolph Valentino puis il y eût James Dean. Le séducteur légendaire, à l'allure droite et légère, et le héros mythique, rebelle au coeur tendre exprimant dans l'excès ses tourments. Le signe de leur identité fût pour l'un le complet trois-pièces blanc et pour l'autre le blouson de cuir noir.Depuis, le blouson noir est assimilé au mauvais garçon. D'autant qu'à la légende de James Dean et de sa seconde peau s'associe les péripéties des "Hell's Angels", les anges de la mort. Ceux ci se manifestent pour la première fois en juillet 1947 à Holliste, une petite ville située an nord d'Oakland en Californie du Nord. En fait, une petite bande de motards a attaqué cette bourgade et l'a saccagé en quelques minutes. Six ans après cet évènement, et quelques autres tout aussi aventureux, "L'équipée sauvage", produit par Stanley Kramer, connût un succès retentissant. Ce film révéla notamment Marlon Brando, jeune acteur fraîchement sorti tout comme James Dean des cours de l'*Actors Studio*. Il met à l'écran et représente "les Anges de la mort", au fameux blouson noir. Immédiatement, toutes les ligues bien pensantes des Etats-Unis vont se mobiliser contre cette apologie de la violence et de la sauvagerie. En vain car l'histoire du blouson noir et du "rock'n roll" étaient déjà bien réelle. Des bandes de "Hell's Angels" vont ainsi s'organiser après 1954 avec d'énormes concentrations en Californie. C'est un véritable phénomène de société. Bardés de cuir noir et de jeans, anneaux dans l'oreille, foulard autour du front, ces trompe-la-mort ont marqué la mauvaise réputation du blouson noir. En outre, les premiers rockers Gene Vincent et Elvis Presley, font du cuir noir leur tenue de scène préférée. Alors, le blouson noir devient vite, pour une jeunesse ivre de liberté, en opposition face aux faux-semblants d'une société en mutation, un signe voire un symbôle de résistance nettement reconnaissable. Pour les uns valorisé et pour les autres à redouter.
Les blousons de cuir de cette époque étaient tous des Perfecto, Harley Davidson, Bucco Product ou Lenglitz Leather, des pièces superbes faites en cuir de cheval, conçues pour durer toute une vie. Mais puisque "seuls sont les indomptés", "le rebelle sans cause" que fut James Dean n'était pas destiné à l'épouser pour longtemps.

Ci-contre : Image du film "L'Equipée sauvage" de Laslo Benedek. 1954.

LUNETTES NOIRES

En principe, cet accessoire n'en est pas un. Les verres teintés sont censés protéger nos fragiles rétines des rayons meurtriers du soleil. En particulier lorsque nous naviguons en des lieux qui réfractent à plaisir ces rais de lumière assassins: la mer, la neige, le sable du désert.
Avec la canne blanche, les lunettes noires constituent encore les attributs qui signalent le handicap d'un aveugle.
Or, que voit-on ? C'est à ne pas croire ! Des milliers d'individus qui se condamnent à n'y voir goutte. Des citadins qui optent, en toutes saisons, pour une cécité volontaire, délibérée, provocante, alarmée ou alarmante.
Qui sont-ils ces malheureux affligés du syndrome de la lunette noire ?
Des stars acculées, aux abois, pourchassées par les paparazzi, les preneurs d'otages, les allumés de l'autographe ? Point du tout ! Disons plutôt qu'il y a de tout. Essayons, pour y voir plus clair, d'en dresser un inventaire à la Prévert.
Nous avons – il est vrai – une foule de vedettes, de ministres, de princes, de nababs, de starlettes... que leur renommée internationale voue au black-out total de l'incognito obligé.
Mais qui d'autre se cache-t-il derrière ces écrans fumés ?
Les yeux rouges du pilier de bistrot comme les yeux rougis des veuves.
Des orgelets par trop voyants. Des monte-en-l'air nantis, en outre, de fausses moustaches pour effectuer leurs louches manœuvres. Des repris de justesse sortant d'un séjour à l'ombre et des gangsters en col blanc pourchassés par les médias.
Toutes familles confondues: les membres de la Mafia, de la CIA, du KGB, tous les espions qui viennent du froid et les "privés" qui rentrent au chaud...
Et encore: le regard salace des voyeurs; les yeux balbutiants des amoureux timides; les tendres paupières des belles au bois bronzant; le look d'enfer des créateurs de mode et des groupes rock; les "gros bras" tatoués des fêlés de la Harley Davidson; des ados en quête d'identité; des flics en planque; des femmes fatales allumant de beaux ténébreux...
Vous ou moi, un jour ou l'autre, nous finirons bien par passer sur le petit écran. Ou plutôt, derrière. Dans ces coulisses magiques où, bien à l'abri du regard d'autrui, l'on tire les ficelles. Ni vu, ni connu, je t'embrouille !

DIABLE NOIR

Satan, Méphisto, Lucifer, Belzébuth, le démon, le Malin, l'esprit du mal, le maudit, le prince des ténèbres, le roi des enfers, le Tentateur... le Diable, quoi ! La tradition chrétienne a attendu le Moyen-Age pour faire apparaître la figure du Diable. Mais, dès lors, elle a rattrapé son retard ! L'"explosion diabolique", selon le terme employé par l'historien Jean Delumeau, saisit les esprits à partir du XIe siècle, autour de l'an mil. Jusqu'alors abstraits, le personnage de Satan et l'idée même du Diable prennent des formes quotidiennes dans les mentalités, sous l'effet de la multiplication de leur représentation dans la littérature et l'art. A partir du Moyen-Age, on voit le Diable partout et surtout dans les Eglises où il est souvent représenté avec deux ailes de chauve-souris, quatre cornes, la face ridée, grimaçante et bestiale rehaussée de deux oreilles pointues, tenant une fourche à la main. Images d'effroi qui n'ont aucune peine à atteindre leur objectif : terroriser les gens et les pousser dans le giron de l'Eglise. Dans la tradition populaire chrétienne, depuis la chute d'Adam et Eve, le Diable est le maître du monde terrestre et ses pouvoirs de séduction sont immenses. Signer un pacte avec lui procure les bienfaits matériels en ce bas monde mais aliène aussitôt toute chance de salut dans l'au-delà. Au Moyen-Age, l'âme humaine est le siège d'un combat incessant entre les forces du Mal et l'armée céleste des Anges. La fin du Moyen-Age marqua un net recul de l'obsession diabolique. Mais l'évolution fut très lente et toucha inégalement les différentes couches de la population. Rabelais prit la liberté de se moquer de ces superstitions gothiques, dépeignant

Goya. Le sorcier. Vers 1798. National Gallery. Londres.

l'enfer comme un lieu où il fait bon vivre avec ses joyeux compagnons. Sacrilège ! Les guerres de religion n'y changèrent rien : catholiques et protestants partageaient la même peur du Diable... Le Siècle des Lumières vit la disparition quasi totale de l'évocation du Diable au profit de celle des Anges. Aujourd'hui, le Diable fait toujours recette. Messes noires, sociétés lucifériennes, rites diaboliques défraient régulièrement la chronique. Et l'Eglise, circonspecte en ce domaine, reste fidèle au Concile de Trente qui rappela que c'était le démon qui avait entraîné l'homme au péché. Et elle pratique toujours des exorcismes, démontrant ainsi qu'elle croit à la présence d'êtres maléfiques dans l'âme des hommes. *Vade retro, Satanas !*

VEUVE **NOIRE**

P. A. Fedotov. 1815-1852. La veuve. Galerie Tretyakof. Moscou.

La grande tuerie de 14-18 laissa plus de 600 000 veuves, jeunes pour la plupart... Certaines d'entre elles portèrent le deuil de leur mari jusqu'à leur mort, toujours vêtues de noir, inconsolables. Pouvaient-elles compter sur la bienveillance de Sainte-Françoise-Romaine, la sainte patronne des veuves ? Née à Rome en 1384, mariée très jeune, elle se dépensa au service des victimes de l'épidémie de peste en 1414. Après la mort de son mari, elle fonda avec d'autres femmes romaines une communauté non cloîtrée d'oblates bénédictines.

Si, avec un triste réalisme, les forçats baptisèrent la guillotine "la veuve", les ornithologues ont donné ce nom à une espèce d'oiseaux vivant en Afrique, dont la particularité est l'absence de vie de famille.

En effet, les quatorze variétés de ces oiseaux pondent leurs œufs dans les nids d'autres espèces, les "hôtes", qui élèvent ensuite les jeunes veuves en même temps que leurs propres poussins... Les mâles veuves (étrange dénomination !) sont les champions de l'imitation des chants d'autres oiseaux. Cela leur permet d'attirer les femelles veuves, qui ont l'habitude de succomber aux charmes du mâle qui imite le mieux le chant de l'espèce hôte (vous savez, celle qui élève les petits abandonnés par les veuves)... Les veuves, décidément, sont de drôles d'oiseaux !

Edward Killingworth Johnson. 1825-1923. Une jeune veuve. Victoria and Albert Museum. Londres.

Ci-contre : James Mc Neill Whistler. 1834-1903. Portrait de la mère de l'artiste. Musée du Louvre. Paris.

LA MORT

"Je n'ai pas peur de la mort, mais quand elle se présentera, j'aimerais autant être absent." Et, prudent, Woody Allen ajoute: *"Bien que je ne croie pas à une vie future, j'emporterai quand même mes vêtements de rechange et un peu d'argent de poche."* Plutôt que d'en pleurer, choisissons de rire de la mort, cette "faute fatale de savoir-vivre". Avec Francis Blanche qui était *"plus intéressé par le vin d'ici que par l'eau de là"* et qui estimait que la plus belle mort, *"c'est d'être tué à 80 ans d'un coup de revolver tiré par un mari jaloux"*. Il mourut à 63 ans sans connaître cette volupté-là. Avec Sacha Guitry qui, à l'approche de la mort, redoutait *"ces mains qui fermeront mes yeux et ouvriront mes armoires"* et affirmait: *"J'ai déchiré le testament que je viens d'écrire; il faisait tant d'heureux que j'en serais arrivé à me tuer pour ne pas trop les faire attendre..."* Avec Jules Renard, pour qui *"nous sommes ici-bas pour rire; nous ne le pourrons plus au purgatoire ou en enfer; et au paradis, ce ne serait pas convenable"*. Et qui écrivait: *"On ne s'habitue pas vite à la mort des autres; comme ce sera long, quand il faudra s'habituer à la nôtre!"* Avec Pierre Desproges, dont l'humour fut aussi grinçant que sa mort prématurée, et qui avait inventé ces deux dictons: *"Noël au scanner, Pâques au cimetière"* et *"Plus cancéreux que moi, tumeur"*... Avant de mourir, il menaça ainsi la postérité: *"Je vous préviens, croque-morts de France: mon cadavre sera piégé. Le premier qui me touche, je lui saute à la gueule!"* Enfin, avec Brassens, pour qui la camarde est *"une femme de petite vertu (...) aguichant les hommes en troussant / un peu plus haut qu'il n'est décent / son suaire"*... Rire de la mort. Mourir de rire. Le professeur de médecine danois Ole Brentzen est ainsi mort d'une crise cardiaque après un fou rire dans un cinéma qui projetait *Un poisson nommé Wanda*. Une très sérieuse revue médicale rapporta que le fou rire avait provoqué une accélération excessive du rythme cardiaque. Mourir... de rire, une mort bien naturelle...

Ci-contre: Pierre-Antoine-Augustin Vallard. 1777-1840. Young enterrant sa fille morte. Musée d'Angoulême.

Ci-dessous: Edouard Manet. 1832-1883. Le toréador mort. National Gallery of Art. Washington.

IDÉES NOIRES

Les idées noires font les jours gris et les nuits blanches. Si les idées fixes empêchent d'avancer, les idées noires empêchent d'y voir clair. Noir dans la tête, noir dans le cœur, noir dans les yeux, noir comme la carapace du cafard. Adieu la vie en rose ! Idées poisseuses dans la tête, images humides dans le regard, obsessionnelles. Mais le jour se lève et sur les idées sombres, un peu de lumière apparaît. Voilà qu'il fera bientôt grand jour et que les idées noires s'estomperont, laissant derrière elles une traînée amère mais imperceptible, les volutes de la fumée blanche des cigarettes grillées dans la chambre noire, les yeux rougis par la bile noire. Et soudain, les idées blanches prennent leur place, qui font les jours roses et les nuits calmes. Adieu idées noires et nuits blanches.

Ecole de Giuseppe Arcimboldo.
Têtes anthropomorphiques représentant les quatre éléments : l'eau, la terre, l'air et le feu. Collection particulière.

Courageuse résistence du Peuple.

Rien ne résiste au courage du Peuple.

Fuite des bons Gendarmes.

Vivre libre ou mourir!

CARTE NOIRE

Les Anciens commencèrent, dès l'aube des temps, à peindre des images coloriées en rapport avec certaines lois des nombres et des couleurs, à fixer sur un objet usuel et ludique des images reflétant des symboles. Peut-être savaient ils, en les propageant de par le monde, que ce qui est lié au plaisir et à la simplicité ne périt pas. A peu de chose près l'enseigne est un enseignement. Ainsi les joueurs de cartes, pour peu qu'ils donnent du crédit à la mystérieuse divination de celles ci, s'accordent de nos jours à voir dans le carreau-la chance, dans le coeur-l'amour, dans le trèfle-l'argent, le gain, et dans le pique-les soucis et la mort. Ces cartes noires sont redoutées, car signes de mauvaise augure. Ainsi, dans la majorité des jeux de cartes le pique est le plus fort, rivalisant mais l'emportant sur le coeur. C'est que l'on est impuissant face à la mort qui devient vite une sévère institutrice. N'est ce pas d'ailleurs ce que l'on reconnaît dans l'attitude excessive de nombreux joueurs qui ont le sentiment de risquer leur vie. Si le pique noir a une autorité obscure sur le jeu, règnant de main de maître, le trèfle noir est plus convivial. C'est le gain, l'argent, le commerce et l'échange. Il est en couple avec le carreau qui est un gage de chance, de prospérité. Dans la couleur noire, le pique semble renvoyer à l'arme d'hast composée d'une hampe que termine un fer aigu, donc à une arme blanche et prête au combat. Le trèfle a des origines moins belliqueuses puisqu'il provient probablement de la signature en forme de patte d'oie que laissaient les bâtisseurs de cathédrales sur leur édifice.

Ci-contre : Jeu de cartes de juillet 1830. Musée Carnavalet. Paris.

NUIT NOIRE

Dans la nuit noire, on ne voit plus rien. Du moins la sensibilité ne semble plus opérer. Tout se passe comme si un masque, plus opaque qu'un brouillard, plus dense que la brume, voilait la scène. Les objets ne font pas que se déformer, se transformer, ils disparaissent. Les corps ne font plus qu'un avec leur ombre. Aussi la nuit noire n'est pas sans susciter des sentiments étranges.
La peur, l'angoisse, ou l'apaisement lui répondent. Tels des impressions qui semblent en effet discerner quelque chose dans le néant. Comme un présence. Dans la nuit noire, on ne peut pas rechercher pour s'approprier. Tout se passe au ralenti, car il faut s'adapter, s'acclimater. On ne peut plus prendre pour allant de soi les signes perçus. Un tel ne pourra pas trouver la source d'un bruit inquiètant ou suspect ; un autre, Proust en l'occurrence, happé dans la nuit noire de son passé juste sous l'effet d'une madeleine, et malgré les efforts de sa volonté, ne peut que difficilement discerner les impressions, sorte de hiéroglyphes, qui se présentent à lui. C'est que la nuit noire a essentiellement rapport à la mémoire et au temps. Aux souvenirs bien sûr. Ceux des morts souvent. Alors, à ce que l'on dit, la nuit noire est autant le signe d'un brutal coup d'arrêt qu'une errance ténébreuse.

Mais elle peut être aussi une atmosphère, une disposition propice à manifester quelque chose d'authentique. Un terreau ou un révélateur en somme. Reste donc à s'orienter, entre surface et profondeur. Reste à faire de nécessité vertu et persévérer, même à tâtons, presque comme un somnanbule, dans les traces de son propre itinéraire. Car il n'y a, dans la solitude de la nuit noire, aucune certitude, aucune vérité assignable ; il n'y a que des spectres, c'est à dire des aspects et des instants, dont la reconnaissance interdit toute identification. En fin de compte, dire que l'on est dans la nuit noire, que l'on n'est que ténèbres à soi même, exprime le soupçon que la conscience même est l'idole refoulée d'un corps qui est toute notre ignorance.

CAFÉ NOIR

"Un petit noir, serré, et un croissant !". Cette injonction, sous des airs bonasses, résume une tranche truculente et terrible de l'Histoire.

En 1529, assoiffé de conquêtes, Soliman le Magnifique occupe la plaine hongroise et menace Vienne. A l'époque, le péril turc constitue la préoccupation majeure de Ferdinand 1er. S'il en perd le sommeil, l'abus de café n'y est pour rien puisqu'il n'a pas loisir d'en consommer. Lui-même et toute une succession de Habsbourg trouvent pourtant le moyen de briser l'élan formidable des armées ottomanes. Places fortes et garnisons permanentes protègent Vienne des assauts des Infidèles, réitérés sans relâche plus de cent ans durant. L'ultime coup de boutoir, en 1683, sous le règne de Mehmet IV, se solde par une cuisante défaite de l'armée turque. Les barbares en déroute abandonnent sous les murs de Vienne 500 ballots de café, denrée jusqu'alors inconnue en Europe.

Toute victoire se chiffre en butin. Que les héros en profitent n'est que justice. Le héros du jour est un soldat polonais, vaillant défenseur de Vienne. Il récupère le café, prise de guerre. L'accommode à sa façon, y goûte, le juge un peu fort pour la délicatesse des palais viennois. Ingénieux, il a l'idée d'associer à la saveur corsée du "*kawa*" la douceur onctueuse du lait et du miel. Ainsi naquit le café-crème. Mais notre Polonais ne s'arrête pas là. Impertinent autant qu'inventif, il fait confectionner par un maître-boulanger des petits pains en forme de croissant pour accompagner ce breuvage. Avec ce pied-de-nez insolent aux armoiries de l'empire ottoman (croissant et étoile), en un clin d'œil, le café-crème-croissants devient la coqueluche de l'Europe entière.

La chèvre et le caféier

Ce serait un berger du Yemen qui aurait découvert les propriétés stimulantes du café. Il menait paître ses chèvres en un lieu où poussait un arbuste à baies rouges, cousin de la garance et du quinquina. L'une des biquettes faisait son régal des fruits colorés. Le jeune pâtre nota qu'elle était ensuite excitée comme une puce. Il en toucha deux mots aux moines du monastère voisin. Ceux-ci firent bouillir quelques baies, goûtèrent la décoction, y revinrent et purent désormais prier fort avant dans la nuit sans risque de somnolence coupable. Le souverain de l'époque étant Kavus Kai, le nouveau produit fut baptisé "kawa". Ce n'est qu'au XIIIe siècle que l'on eut l'idée de griller les baies.

DOUBLE
LITRE

CHOCOLAT NOIR

Le chocolat est une gourmandise et la gourmandise est un péché. Ainsi, la question de savoir s'il rompait le jeûne, et, plus grave, si un ecclésiastique commettait un péché mortel en buvant du chocolat avant de célébrer la messe... cette question eût dû être réglée en un clin d'œil. Il n'en fut rien. Si l'on en croit l'histoire, maints papes se cassèrent les dents sur ce maudit chocolat avant qu'il ne devienne un "péché mignon" à qui la faculté de médecine prête des vertus antidépressives.
Né au Mexique, le chocolat de l'empereur Montezuma fit ouvrir des yeux ronds au conquistador Cortez. Jugez plutôt : avant d'honorer les femmes de son harem, le monarque s'envoyait une bonne lampée de ce breuvage, puis "tchoc-tchac", jetait dans un lac son gobelet d'or fin ! Finaud,

Anonyme espagnol. XVIIIe siècle. North Carolina Museum of Art.

Fernando Cortez rapporta donc et l'or et les fèves, faisant ainsi sa fortune. Avant lui, Christophe Colomb avait découvert

Du "cacahuaquchtl" au "tchocoatl"

Le chocolat est l'amande d'un arbre qui ne pousse que dans les régions tropicales. Les Mayas utilisaient en guise de monnaie les fèves de cet arbre divin qu'ils appelaient "cacahuaquchtl". Pour le consommer, l'on grillait les amandes, on les écrasait. On fouettait avec des branches la poudre ainsi obtenue allongée d'eau bouillante. On agrémentait enfin ce "tchacahoua" maya (ou "tchocoatl" aztèque) de piment, miel et musc. La "diablerie" du breuvage qui agita tant les papes provenait sans doute plutôt des épices et autres nectars ajoutés.

le chocolat – en omettant toutefois d'en demander la recette. La pilule fut amère : non grillées, les fèves de cacao n'incitent guère à la gourmandise. Christophe Colomb dut se contenter de l'Amérique, laissant à d'autres célébrités le soin de faire la gloire du chocolat.

Cela n'alla pas sans mal. La Marquise de Sévigné, qui signe aujourd'hui une marque prestigieuse, ne savait trop s'il fallait s'en goinfrer ou s'en méfier comme de la peste. Ainsi dissuade-t-elle sa fille enceinte d'en boire une seule gorgée pendant toute sa grossesse. En effet, une dame de la Cour qui s'en était gavée accoucha d'un enfant noir comme le diable. Les mauvaises langues chuchotèrent que ladite boisson lui était dévotement portée au lit chaque soir par un esclave africain fort démonstratif. Une chose est sûre. Le chocolat resta longtemps, sous forme liquide, l'apanage des grands. Il fallut attendre la poudre de cacao mise au point par le Néerlandais Van Houten, en 1815, pour que le breuvage se démocratise un peu. Puis, les Suisses Peter et Nestlé en firent ce qu'il est devenu, avec le succès populaire que l'on sait.

Le chocolat chaud

Ingrédients :
125 g de chocolat noir,
20 cl d'eau
40 cl de lait frais entier

Râper le chocolat à l'aide d'un grand couteau. Hors du feu le verser dans l'eau bouillante. Attendre 30 secondes, mélanger, verser le lait et porter doucement à ébullition sans cesser de remuer.
Laisser réduire quelques minutes jusqu'à ce que le chocolat soit onctueux. Ne pas servir très chaud, c'est meilleur un peu tiède.
Variante délicieuse, le parfumer à la cannelle. Il suffit pour cela de jeter un bâton de cannelle dans le chocolat et de l'y laisser infuser 15 secondes.
On peut préparer ce chocolat chaud en utilisant différents chocolats : Caracas, Madagascar, Vénésuela...

NOUNOU NOIRE

Georg Pavli. Femme noire tenant un plat de fruit. 1877. Collection particulière

Un turban de couleur sur la tête, des boucles d'oreilles, une grande jupe et un corsage aux manches retroussées, elle est forte, elle sourit et porte le bébé , amusée, ou réprimande sévèrement le garnement blanc qui court dans la cuisine et sur qui elle veille depuis son premier souffle : c'est la nounou noire. Elle est entrée dans les maisons américaines avec l'arrivée aux Etats-Unis des premiers esclaves déportés de l'Afrique de l'Ouest. En effet la présence de ces nounous qui feront définitivement partie des bons foyers est liée à l'histoire des Etats-Unis. Durant plus de deux siècles, des millions d'esclaves prennent le chemin de l'Amérique arrimés au fond des cales des bateaux de négriers. Déracinés puis dispersés sur le marché des esclaves les populations noires survivent dans des conditions épouvantables : elles sont mal nourries, mal logées et épuisées par le travail forcé.

Dans ce contexte, seuls les domestiques font figure de priviliégiés et ont un statut plus enviable, ils vivent généralement dans la maison de leur maître et partagent leur quotidien. Ceci est particulièrement vrai pour les femmes noires qui vont prendre en charge les soins et la garde des enfants des "patrons".

Le film *Autant en emporte le vent* met en scène l'une de ces nounous, toute dévouée à la dame de la maison et bénéficiant d'un certain droit à la parole.

Quand l'esclavage sera aboli, les femmes africaines continueront d'occuper les emplois de nounous dans les foyers américains.

Ci-contre : Marie-Guilhelmine Benoist. Portrait d'une négresse. Salon de 1800. Musée du Louvre. Paris.

Oswald Durand. "Terre noire". Illustration de Yves Trevedy. Détail. 1943. Collection particulière.

LE PEUPLE **NOIR**

Planche d'une encyclopédie allemande. 1897.

En 1871, Darwin émit l'hypothèse que l'Afrique était le berceau de l'humanité. Mais il fallut attendre près d'un siècle pour que cette idée soit communément admise et acceptée. En 1974 furent exhumés les restes de l'hominidé réputé le plus vieux du monde : le fossile AL 288-1, baptisé du joli nom de Lucy et âgé d'environ 3 millions d'années.

Découverte dans la vallée de l'Alouache, en Ethiopie, Lucy donnait raison à Darwin. Aujourd'hui, le doute n'est plus permis : le continent noir est le berceau de l'humanité et la race noire, celle des origines.

Cette présence de l'homme en Afrique depuis l'aube de l'humanité rend, à coup sûr, plus émouvante toute approche du peuple africain. Celui-ci a toujours séduit les voyageurs, les artistes, les poètes, comme Michel Leiris, qui effectua plusieurs voyages en Afrique, et écrivit : "*Un contact authentique avec les habitants de ces contrées plus ou moins lointaines avait fait de moi un autre homme, plus ouvert et guéri de ses obsessions.*"

Dans la première moitié de notre siècle, l'Africain a souvent été considéré par les Occidentaux comme l'Homme à l'état pur, ayant préservé toute sa poésie en pleine ère technologique, une sorte de "bon sauvage" à la Rousseau. Image surannée, mais qui a marqué les rapports entre l'Occident et l'Afrique avant la décolonisation.

Aujourd'hui, les bouleversements politiques qu'a connu le continent noir ont instauré des relations plus complexes.

Comment parler au singulier de la race noire ? Elle est multiple, fortement diverse. Comment amalgamer les Peuls, éleveurs nomades du Sénégal, les Dinkas vivant au nord du Soudan sur les rives du Nil blanc, les Pygmées, ce petit peuple des forêts congolaises et zaïroises, les Himbas, du nord de la Namibie, vêtus de peaux de bêtes et le corps enduit de beurre et d'ocre rouge, les populations bochimanes établis entre le Botswana, la Namibie et l'Angola et dans le désert du Kalahari où ils mènent une vie primitive, les nomades Turkanas, buveurs de sang de bœuf, les Haoussas, musulmans nigérians, les Bantous, les Somalis, les Massaïs, les Fangs, etc. ? Toutes ces ethnies, et tant d'autres, forment le peuple noir, cette mosaïque plurielle qu'on ne saurait restreindre à un type singulier.

Noir, tel est son trait commun. Noir, tel est aussi toute sa différence.

Ci-contre : G. F. Angas. Chef zoulou en costume de guerre. 1847. British Museum. Londres.

UMZIMGULU.
AN INDUNA at INANDA.
G. F. Angas. 1847.

La traite des noirs, ou le commerce des esclaves, s'organisa à partir du XVIe siècle sous la forme d'un funeste triangle maritime. Les navires marchands quittaient les ports d'Europe avec des cargaisons d'armes, de tissus ou de verroterie qu'ils échangeaient contre des esclaves, une fois parvenus sur la côte ouest de l'Afrique, dite "côte des esclaves". De là, ils appareillaient pour l'Amérique ou les Antilles où les esclaves – ceux, du moins, qui avaient survécu à la terrible traversée – étaient échangés contre du tabac, du sucre, du rhum, etc. Puis, bouclant leur voyage triangulaire, les navires regagnaient l'Europe avant de repartir à nouveau pour l'Afrique.

On estime à 12 millions le nombre d'esclaves noirs qui furent ainsi vendus...

Des révoltes d'esclaves éclataient régulièrement. La plus célèbre reste le soulèvement de 1791 mené dans l'île de Saint Domingue – la future Haïti – par Toussaint Louverture. Ce dernier prit la tête d'une armée d'esclaves et lutta contre les colons puis contre l'armée française envoyée en renfort par Bonaparte. Toussaint Louverture, fait prisonnier, mourut en prison mais l'année suivante, Haïti gagna son indépendance et devint la première république noire.

Le commerce des esclaves fut interdit au début du XIXe siècle et l'esclavage lui-même fut aboli dans la plupart des pays européens au milieu du XIXe siècle. Aux Etats-Unis, l'abolition fut prononcée en 1865. Le mouvement pour l'abolition y avait beaucoup progressé sous la présidence d'Abraham Lincoln, élu en 1860. L'élection de cet anti-esclavagiste convaincu provoqua immédiatement la sécession du Sud où l'esclavage était encore très vivace. Onze Etats quittèrent alors l'Union et se déclarèrent Etats confédérés indépendants. La Guerre de Sécession éclata. De nombreux esclaves combattirent aux côtés des Fédéraux et, après la victoire, les esclaves fuirent le Sud pour gagner les grandes villes industrielles du Nord où ils se fixèrent.

Anonyme. Etats-Unis. XXe siècle. Transport de la récolte de la semaine. The Historic New Orleans Collection.

Ethiopien. Dictionnaire pittoresque d'histoire naturelle. 1833.

Protectorats, dominions, colonies, ces mots recelaient en eux la rébellion, la révolte tant ils étaient conformes à l'histoire mais contre nature. Anglophone, francophone, lusophone, hispanophone, l'indépendance s'est écrite dans toutes nos langues, souvent avec douleur, parfois dans le sang, toujours aux accents de chants partisans. D'Alger à Brazzaville, du Caire au Cap en passant par Dakar, aventuriers, marchands et missionnaires, colons et administrateurs, sûrs de leur vision du progrès ont du même coup éveillé les consciences à l'émancipation. Le rouge, sur les drapeaux des pays africains, couleur sacrificielle, est toujours là pour rappeler le prix de la liberté ! C'est la force des idées qui aura eu raison, de façon désormais irréversible, de quatre siècles de conquêtes, d'exploration et de tutelles diverses. Le "One man, one vote" de Nelson Mandela a libéré le continent de son injustice majeure.
Il ne reste aujourd'hui en Afrique qu'une infime parcelle à libérer. Mais même si les dunes du Sahara Occidental sont sous la tutelle d'un royaume "africain", l'actualité comblera vite cette dernière page d'histoire d'un continent qui, bientôt, pour le meilleur comme pour le pire, ne devra tout qu'à lui-même.

Louis Dodd. Personnages avec un âne sur le rivage. 1788. Collection particulière.

L'ART NÈGRE

Sangovuvi. Gabon. Masque de Bwiti.

Jusqu'au début du XXe siècle, l'art nègre ne suscita en Europe qu'un intérêt fort mitigé. Mais à partir de cette date, les peintres les plus novateurs de l'époque le découvrirent et le célébrèrent avec autant d'éclat que... de retard. Parce qu'ils étaient à la recherche de la spontanéité et de l'instinct, les artistes d'avant-garde se détournèrent alors des beaux arts dits civilisés au profit des arts primitifs, et surtout de la sculpture nègre, tant océanienne qu'africaine. En 1915, cet art méconnu passait pour l'un des plus riches et des plus beaux de toute l'humanité. Georges Braque, sur qui l'influence de l'art nègre ne fut pourtant pas manifeste, écrivit: "*Les masques nègres m'ont ouvert un horizon nouveau ; ils m'ont permis de prendre contact avec des choses instinctives, des manifestations directes qui allaient contre la fausse tradition dont j'avais horreur.*" Picasso raffolait de l'art nègre qui lui semblait marquer la plus belle preuve de rupture avec l'art académique. Dans son atelier, il entassait masques et sculptures d'Afrique et d'Océanie. "*L'art nègre*, dit-il un jour, *fut ma source d'énergie libératrice.*" L'art nègre est intimement lié à la religion, à la vie sociale et au culte des morts. Les thèmes les plus communs sont les effigies d'ancêtres ou de héros, les fétiches, les sculptures d'animaux, les masques destinés aux cérémonies, les objets de culte et de pouvoir.
Dans ce continent où l'architecture, le théâtre, la musique ne possèdent pas nécessairement de finalité esthétique, l'art des masques est un art essentiel, associant sculpture, peinture, musique et théâtre. En plus des formes et des couleurs, les bois utilisés revêtent une grande importance artistique et symbolique.
Les plus anciennes pièces répertoriées ont été découvertes dans la région du Nigéria et remonteraient à 400 ans av. J.-C. En cette fin de siècle, l'art nègre est redevenu à la mode. L'ouverture du musée Dapper à Paris est un signe de cette renaissance. Autre signe, plus palpable: les prix des objets d'art africain sont montés en flèche!

Mahongwe. Gabon. Grand Bweti.

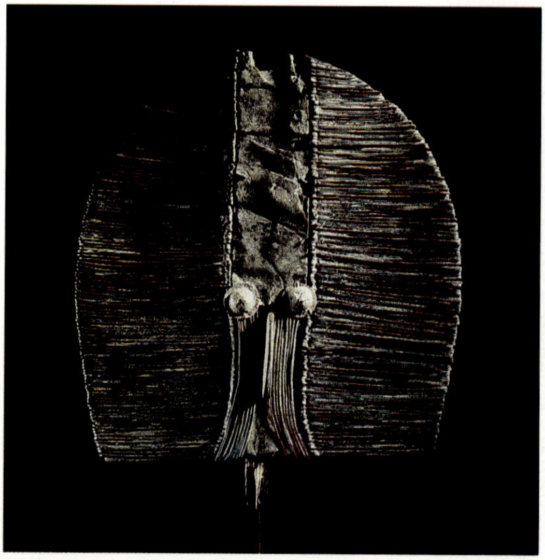

Ci-contre: Planche d'une encyclopédie allemande. 1897.

2
3
4
5
6
7
8
9
10
12
13
14
15
16
17
18
19
20
21
22
23
24
25
26
28
30

MUSIQUE NOIRE

Disséminés dans les champs de coton de Louisiane ou de Caroline du Sud, des Africains déportés et réduits au rang d'esclaves par des maîtres américains chantent.
Ils rythment leur effort par des chants, d'étranges pratiques vocales qui ressemblent à un récit et permettent de communiquer entre eux. Ces *field hollers* (cris des champs) ont impressionné tous les témoins de l'époque par leurs glissements mélodiques, les passages rapides de voix de poitrine à voix de tête, et ce grain très particulier des voix africaines. Le rythme qui tient une place si importante dans la culture d'Afrique, put s'épanouir dans les chants de travail ou *work song* qui scandaient les travaux collectifs. Bientôt, coupés de leur racines et privés de leurs dieux, les esclaves noirs trouvèrent leur place dans les églises qui devenaient un lieu d'expression ainsi que de prise de conscience. Dans un premier temps, ils reprirent globalement le répertoire des Blancs, en particulier les hymnes méthodistes de John Wesley.
Mais peu à peu les pratiques profanes des Noirs américains imprégnèrent ce répertoire religieux. On retrouva dès lors, sur le plan musical comme sur celui des textes, des éléments communs aux deux expressions. Les Noirs adaptèrent alors sous la forme du negro-spiritual, la tradition protestante des Blancs.
Cette prière chantée (le *spiritual*) s'accompagnait souvent d'une danse rituelle : il s'agissait pour les assistants de tourner en rond l'un dernière l'autre en laissant traîner les pieds, tandis

Jean Dubuffet. "Jazz band" Dirty style blues. Détail. 1944. Collection Madeleine Malraux. Paris.

Affiche. 1917.

qu'un ou plusieurs *shouters* (crieurs), entonnaient le spiritual repris par toute l'assistance. Dès l'affranchissement des esclaves à la fin du XIXe siècle, s'inspirant de ce répertoire d'église, souvent édulcoré pour plaire au public blanc, des groupes vocaux constitués de Noirs américains adaptèrent le spiritual au concert.
Puis, une nouvelle forme de chants religieux, propre au peuple noir américain, trouvait dans le spiritual sa principale source d'inspiration : le *gospel song* (chant évangélique) qui propulsa sur les planches, dès les années vingt, les chanteurs les plus célèbres. Le XXe siècle connut un va-et-vient entre le spirituel réservé au temple et le gospel à la scène. Ainsi, issu du negro-spiritual, le gospel marque profondément l'ensemble de la musique populaire de notre siècle.

NOIR ÉBÈNE

"Des cheveux d'ébène" est une formule souvent employée pour désigner une chevelure d'un noir éclatant. La couleur de l'ébène, nom commun donné aux bois uniformément noirs, plus ou moins foncés ou veinés, durs et lourds, à grains fins, provenant des ébéniers, est passée, en effet, dans le langage courant.
Ces arbres possèdent une importance économique certaine pour leur fruit, le latex mais avant tout pour leur bois précieux, rare, très recherché pour la menuiserie de luxe. Difficile à travailler, ce bois peut cependant prendre un poli superbe.
L'ébène est ainsi fréquemment utilisée pour la lutherie, la coutellerie, la fabrication de jeux (échecs, dominos...) ou de queues de billard, la marqueterie... Son emploi en Europe date, en fait, du XIIIe siècle dans le domaine des coffrets ou écritoires.

Entre les XIVe et XVIIe siècles apparaissent peu à peu des meubles, de plus en plus importants par leur taille et, de manière de plus en plus fréquente, constitués de l'assemblage des plaques de ce bois. Sculptés, moulés, ornés d'étain ou de camées, les cabinets d'ébène connaissent leur âge d'or au XVIIe siècle.
Bientôt, avec la concurrence de l'acajou, l'usage de l'ébène diminue. Ce bois, à l'exception de l'ébène de Macassar, n'est que très peu employé désormais dans la fabrication du meuble. En dépit de sa perte de popularité, le bois d'ébène a marqué de son empreinte les termes d'ébénisterie ou d'ébéniste. Ce dernier est considéré comme un menuisier de placage, qui plaque des bois précieux, par opposition au menuisier d'assemblage.
Et, au sens large, l'ébéniste qualifie "l'artisan" spécialisé dans le mobilier de luxe".

La traite des esclaves

"Le bois d'ébène" est le nom que les négriers donnaient autrefois aux Noirs. Entre le XVe et le XIXe siècle, des millions d'Africains furent arrachés à leur pays, souvent vendus par les "chefs" de tribus, pour être conduits en Amérique où ils étaient réduits à l'esclavage. Le nouveau monde avait besoin d'une main d'œuvre bon marché pour faire fonctionner ses plantations de canne à sucre ou de café. Cette traite des esclaves transitait par la France et les ports de l'Atlantique, Nantes en tête, mais aussi La Rochelle ou Bordeaux. Nombre de Noirs n'arrivaient d'ailleurs pas au bout de ces longs trajets maritimes, les maladies et les mauvais traitements étant responsables de leur mort.

Ci-contre : Abron. RCI. Statuette d'ancêtre masculin. Collection particulière

respectez la Société
fais le bien parceque c'est le bien
le mont Blanc (4810 m) est en Fran
chronologie des rois de Fran
CAPITAINES

LE TABLEAU NOIR

Sur le tableau noir, chaque jour, d'une belle écriture ronde le maître inscrivait à la craie blanche, juste au-dessous de la date la leçon de morale quotidienne.
Qu'on se souvienne: "*Aime ce qui est vrai, admire ce qui est beau*", "*Pour gagner sa vie et s'enrichir, le meilleur moyen c'est de travailler*", "*l'eau de vie devrait s'appeler l'eau de mort car maison du buveur, maison du malheur*", "*la modestie rend aimable et sympathique ; elle attire l'amitié en évitant de froisser et d'humilier le prochain*", "*la patrie mérite notre respect, notre reconnaissance et notre amour*", "*voiler une faute par un mensonge, c'est remplacer une tache par un trou*", "*l'orgueil gratte l'âme comme l'enflure du visage*", etc.
Un élève était désigné pour lire ces pensées définitives, puis le maître les commentait. Ensuite, seulement, la première leçon du jour pouvait commencer. Et malheur à l'élève qui ne savait pas ses leçons ou faisait preuve d'indiscipline ! Car si les châtiments corporels furent officiellement interdits par Jules Ferry le 21 juin 1880, beaucoup d'instituteurs n'en tenaient pas compte et la plupart continuaient de pratiquer régulièrement les punitions.
Parmi celles-ci, souvenirs douloureux, les coups de règle sur les doigts, le piquet au coin (à genoux sur une règle ou sur des petits pois secs), les retenues après la classe, la claque ou l'oreille tirée, voire le fameux bonnet d'âne. Cet attribut déshonorant se portait surtout en cour de récréation, attaché par une boucle sous le menton. Il était généralement réservé aux garçons, mais les filles n'étaient pas mieux traitées: comme

Ci-contre: Illustration pour L'Assiette au Beurre du 19 mars 1904.

UN JEUNE HOMME DE LETTRES

punition, elles se voyaient accrocher dans le dos une langue de bœuf en carton peinte en rouge, symbolisant leur bavardage...
Ces marques humiliantes furent supprimées sous le ministère d'Edouard Herriot entre 1926 et 1928. Mais toutes ces punitions, bien sûr, n'avaient qu'un but: aider l'enfant et lui montrer combien il était aimé...
Pour preuve, cette leçon de morale inscrite au tableau noir: "*Les réprimandes qu'on te fait, mon enfant, sont les vraies marques de l'affection qu'on a pour toi.*"
Puisque c'était écrit sur le tableau noir !

CRAYON NOIR

L'homme pratique depuis fort longtemps les arts du dessin et de la peinture grâce aux pinceaux, poinçons et autres stylets. Les œuvres rupestres en sont la preuve. L'usage du crayon est, en revanche, assez récente. La découverte du graphite, au début du

XVe siècle débouche, quelque deux cents ans plus tard à Nuremberg, sur la conception des premiers crayons de bois. Mais c'est finalement un français, Nicolas Jacques Conté qui, à la fin du XVIIIe siècle, mettra au point les crayons que nous connaissons aujourd'hui : une mine protégée par une enveloppe de bois tendre permettant une taille aisée.
Argile fine, graphite pulvérisé et eau composent donc une pâte qui, une fois filée puis cuite, constitue la mine de crayon.
La dureté de celle-ci varie en fonction de la durée de la cuisson. A l'achat, on les distingue par une lettre suivie de chiffres : H pour la mine la plus dure et B pour la plus tendre, le chiffre précisant encore le niveau de dureté. Une mine dure autorisera des traits plus fins, marquant assez peu le papier, idéaux pour l'esquisse. Pour un dessin définitif, on préférera une mine plus tendre offrant une trace plus nette, sombre.
Ingres a laissé de très beaux dessins au crayon noir. Mais il existe également ce que l'on appelle le "dessin aux deux crayons", à la mode au XVIIIe siècle. Celui-ci est réalisé à l'aide d'un crayon noir et d'un crayon blanc ou d'un bâton de sanguine, généralement sur papier teinté. Un des meilleurs exemples est sans doute l'étude de Watteau, "Le colporteur au chapeau auvergnat" (Musée auvergnat de Bayonne).
On rencontre encore parfois des "dessins aux trois crayons" où il est fait usage des crayons noir, blanc et d'un bâton de sanguine ou bistre, également sur papier coloré. Ces techniques furent reprises aux XIXe et XXe siècles, même si à partir de 1850 se répand l'utilisation des crayons de couleur.

Illustrations Michel Lablais.

MICHEL LABLAI
94

NOIR RÉGLISSE

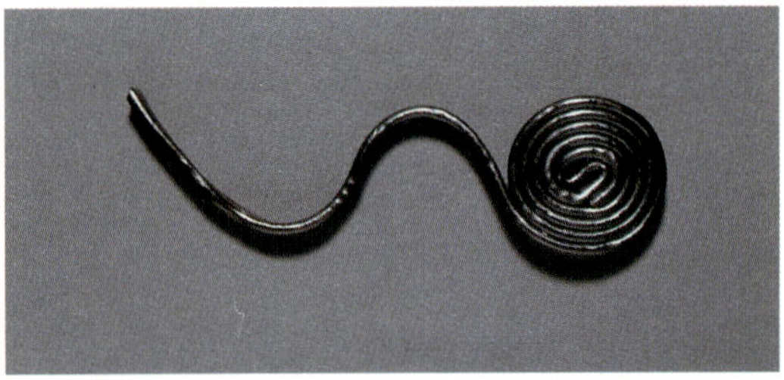

"Z'en veux, maman donne-moi z'en."
La légende veut que ce soit un petit garçon gourmand qui ait inspiré à Paul Aubrepy le nom de ses bâtons de réglisse : ZAN. Créée à Uzès au début du siècle, la fabrique connut un tel succès que son nom fut bientôt utilisé pour tous les réglisses quels qu'ils fussent, les formes les plus diverses : grains de Millet, grains de Ricard, gommes à la réglisse, mètres roulés ou torsadés... Dès 1854, les Etablissements Réglisses Florent enchantèrent les amateurs de pâte de réglisse vanillée. Une vingtaine d'années auparavant, les Etablissements Car, filiale de la société Ricqlès, furent les premiers à utiliser les procédés d'extraction industrielle de la réglisse. On leur doit les fameux Carensac, Tricolores, Domino... Tous ces noms ont bercé des générations d'amoureux des petites douceurs.
La réglisse, leur ingrédient de base, est le produit obtenu par l'extraction des matières solubles contenues dans les racines de l'arbrisseau homonyme, cultivé dans les régions méditerranéennes et en Orient. Mélangé à des sucres et des gommes naturelles, le suc de réglisse génère des confiseries "dures" : bâtons, grains de réglisse... Lorsqu'il est mêlé à des farines de céréales, le résultat est plus "souple" : pâtes de réglisse...

La pharmacie aussi...

Si l'évocation de la réglisse a tendance à faire saliver, il ne faut pas oublier qu'il s'agit aussi d'un médicament. Les vertus de la réglisse furent reconnues il y a bien longtemps par les Egyptiens, les Hindous et les Chinois. Plus tard, les Grecs et les Romains saluèrent ses qualités expectorantes et son pouvoir désaltérant. La racine séchée ou "bois de réglisse" est parfois employée comme édulcorant. Le suc de réglisse entre dans la composition de pâtes officinales. La réglisse est encore utilisée comme remède contre les rhumes ou comme purgatif. Et l'extrait sec de réglisse aide à combattre les brûlures d'estomac. Attention, enfin, l'abus de la réglisse peut conduire à une élévation anormale du niveau de tension artérielle et à un blocage de la fonction rénale. Les gourmands en seront pour leurs frais !

Publicité pour les Cachous Lajaunie. 1940.

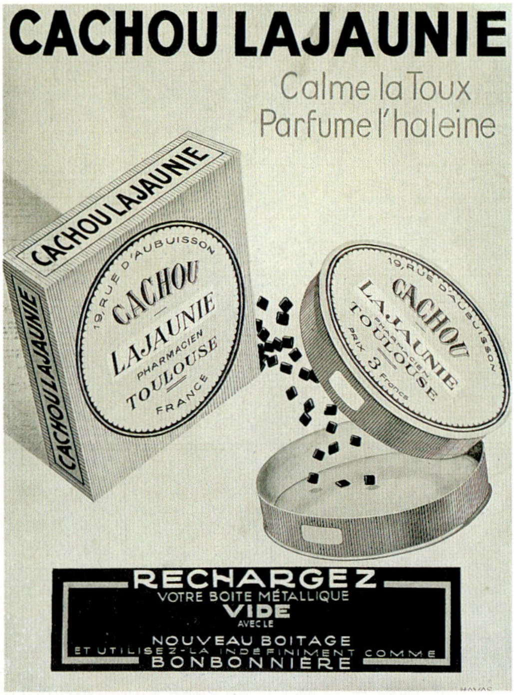

C'était pendant
l'horreur d'une
profonde nuit
noire, noire,
noire

ENCRE NOIRE

Un porte-plume, une plume d'acier Sergent-Major, un encrier encastré dans les pupitres, comme une corolle blanche au cœur noir. Qui oubliera jamais l'odeur de l'encre, mêlée à celle de la cire des pupitres, de la craie du tableau et de l'eau de Javel? Odeur de l'encre, odeur d'école, odeur d'enfance.
Jusqu'aux années soixante, jusqu'à l'arrivée du stylo-bille et du stylo-feutre.
Les plumes sergent-Major!
Pour les écoliers d'aujourd'hui, c'est de la préhistoire. Mais, pour des générations d'élèves, ce nom est lié à l'apprentissage de l'écriture.
Créées en 1881 et baptisées d'un nom guerrier pour inciter les petits Français à penser à leur vaillante armée – en ces années, l'Alsace et la Lorraine sont à reconquérir –, les plumes Sergent Major étaient fabriquées par la Compagnie Française de Boulogne sur Mer.
Cette dernière deviendra ensuite la "Manufacture française de porte-plumes, de plumes et d'œillets métalliques" et fabriquera d'autres modèles de plumes aux martiales appellations:
Plumes de la République, Plumes Vercingétorix, Plumes de la Victoire, Plumes patriotiques, etc.
Les boites de plumes Sergent Major, décorées d'une bande tricolore, ont longtemps été ornées d'images de batailles et d'effigies des grands héros militaires

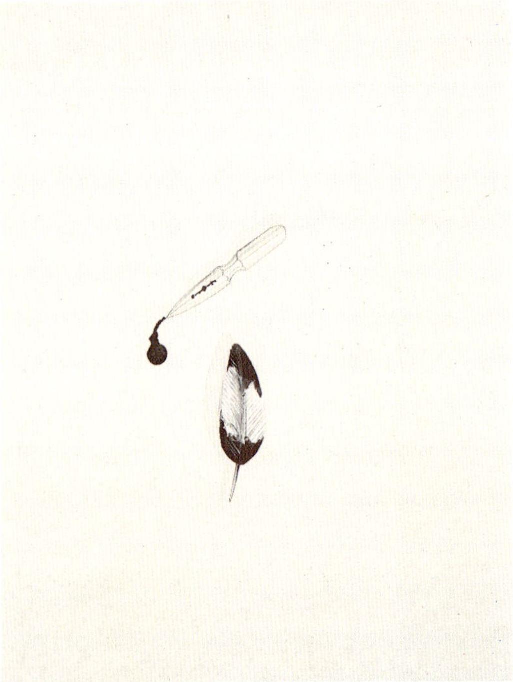

Illustrations Michel Lablais.

français. Jusqu'en 1950, elles furent imposées aux écoliers français et en 1955, figuraient encore parmi les 280 articles de grande consommation qui servaient annuellement à calculer le coût de la vie. Les plumes Sergent Major existent toujours, fabriquées par la société Conté ; mais les adeptes de l'écriture au porte-plume trempé dans l'encre sont fort rares aujourd'hui...

C'est à l'encre noire que se dessinaient les pleins et les déliés. Et les rondes, exécutées avec une plume spéciale au bec large sectionné obliquement.

Alors, le cahier d'écriture se parsemait de pâtés d'encre que le buvard résorbait mais n'effaçait pas. Traces indélébiles d'un apprentissage difficile...

Pour fabriquer de l'encre noire

Ingrédients :
1 jaune d'œuf,
1 cuillerée à café de gomme arabique,
1 petite cuillerée de noir de fumée,
10 cl de miel.

Dans un bol, mélangez le jaune d'œuf, le miel et la gomme arabique, puis ajoutez le noir de fumée. Si le mélange est trop épais, on peut l'éclaircir avec un peu d'eau. Il suffit ensuite de mettre le tout en bouteille. Et d'écrire...

Une leçon d'écriture

Ecoutons cette leçon extraite de la méthode d'écriture publiée avant la guerre par E. Prévôt et L. Kubler et consacrée à l'écriture de la ronde : "Placez vous d'aplomb en face du cahier, le milieu du corps devant la médiane du cahier, les deux avant-bras sur la table à égale distance du corps. Redressez un peu le porte-plume entre le pouce et l'index où il était complètement couché pour la cursive ; en faisant cela, vous arrondirez un peu vos doigts. La hampe ne sera plus dirigée vers l'oreille mais vers la droite. Pour écrire un plein droit, posez la plume de manière que le bec forme avec la ligne supérieure un angle de 35 à 40° et que son bord droit touche la ligne. Le plein cessera de la même manière sur la ligne inférieure."

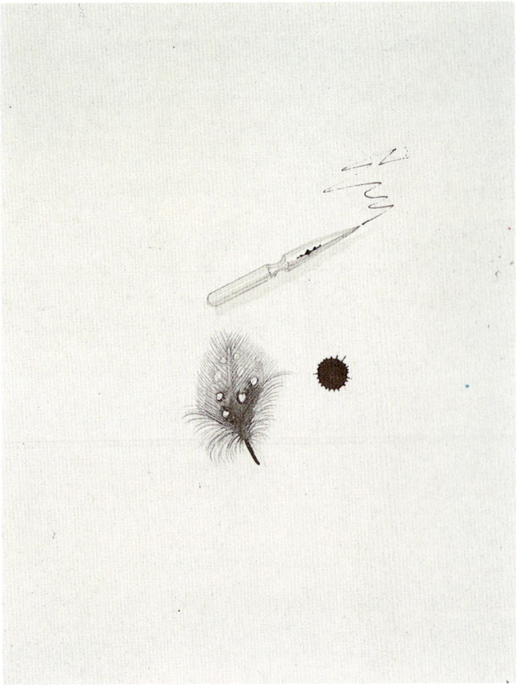

PETITE ROBE NOIRE

Une petite robe noire et, dedans, une silhouette frêle, tellement frêle, deux bras qui s'ouvrent largement, se tendent ou se referment sur la poitrine. Le visage blême émergeant de la robe noire descendant jusqu'à mi-mollet, la bouche garance, Edith Piaf chante sur scène et le public est bouleversé. Même en chantant l'annuaire téléphonique, Piaf aurait ému le public, disait Boris Vian, et Jean Cocteau ajoutait: "*Chaque fois qu'elle chante, on dirait qu'elle arrache son âme pour la dernière fois.*" Robe noire, cheveux noirs, chansons noires, on surnomma Piaf l'"Ange noir".
Elle avait fleuri sur la scène du Gerny's, le cabaret de Louis Leplée, son découvreur, qui l'annonce ainsi aux premiers spectateurs en 1935: "*Dans la rue, la voix d'une petite file m'a pris aux entrailles. Elle m'a ému, elle m'a bouleversé et cette enfant de Paris, j'ai voulu vous la faire connaître. Elle n'a pas de robe du soir et si elle sait saluer, c'est parce que je lui ai appris hier...*"
La rumeur, ensuite, se répand vite: le tout-Paris des arts et du spectacle court au Gerny's pour voir Piaf "se déchirer" quand elle entonne "C'est nous les mômes, les mômes de la cloche / Clochards qui s'en vont, sans un sou en poche..."
Sur scène, elle portera jusqu'à son dernier souffle la robe noire indissociable de sa silhouette et de l'image mythique qui demeure d'elle dans les mémoires.
C'est ainsi vêtue qu'en 1962, tremblant sur ses jambes, elle entonnera une dernière fois *A quoi ça sert l'amour?* aux côtés de Théo Sarapo, son dernier amour également vêtu de noir.
Image de la simplicité, la petite robe noire peut également devenir un symbole du chic sans afféterie.

Chic sobre. Elégance discrète.
Robe noire, robe d'un soir, un classique chez les couturiers. Edith Piaf la portait avec pour seul bijou, une petite croix autour du cou, cadeau de Marlène Dietrich. Nos élégantes, aujourd'hui, agrémentent leur petite robe noire, plus ou moins courte selon la saison et la finesse des jambes, d'une broche ou d'un collier en sautoir. Sobre, certes, mais chic quand même...

Marilyn Monroe pendant le tournage du film "Les desaxés". Image du livre "Fotografien 1952–1992"

VERNIS NOIRS

Chaussures Loris Azzaro. 1970. Collection Didier Ludot. Paris

Sac à main Christian Dior. Vers 1965. Collection Didier Ludot. Paris

Enfantines, elles sont sagement arrondies, agrémentées d'une fine bride se fermant grâce à un tendre petit bouton rond. Masculines, on les retrouve souvent longues et fines, cyclistes voire mocassins. Féminines, on les aime pointues, version escarpins. Agrémentées de talons, de préférence de talons aiguilles, elles autorisent tous les fantasmes. Même si le vernis, revêtant un cuir noir comme de couleur, se décline en nombre d'accessoires, du sac à la ceinture, c'est sans doute l'image de la chaussure qui a surtout marqué les esprits. D'autant plus qu'elle apparaît empreinte d'une touche chic et élégante, "classe" et classique. On est bien loin ici des chaussures primitives, évidemment confectionnées en vue d'un usage pratique. Ce n'est qu'au Moyen-Age que les formes s'affinèrent. L'utilisation du luxueux cuir de Cordoue (qui donnera son nom au cordonnier) devient plus courante. Au XVIe siècle apparait le talon mais il lui faudra encore deux siècles pour prendre de la hauteur.

Protecteur et-ou décoratif

Le vernis est un enduit de protection et-ou de décoration. Il prend la forme d'un mélange liquide composé de résine ou d'une matière plastique dissoute dans un solvant organique (généralement un produit volatil: éthanol, white spirit, essence de térébenthine...). A la différence de la peinture, le vernis ne possède généralement pas de pigment. En principe incolore, transparent, il peut faire l'objet d'une coloration artificielle. On applique sur le matériau une très fine couche. Une fois sèche, celle-ci est synonyme de protection (étanchéité) et offre un aspect lisse, brillant, très décoratif. L'apparition des résines synthétiques ayant généré une meilleure qualité des vernis, leur usage s'est répandu dans de nombreuses branches de l'industrie comme le papier, le cuir, le tissus, le caoutchouc.

Sac à main. Années 50. Collection Didier Ludot. Paris.

Rémy Bourlé

SMOKING NOIR

En cette belle journée de 1886, Pierre Lorillard IV, héritier d'une famille américaine ayant fait fortune dans le commerce du tabac, était bien ennuyé... Le bal de rentrée allait se dérouler dans quelques jours dans sa petite ville de Tuxedo Park et le jeune homme était à la recherche d'un habit moins strictement conventionnel que la redingote à queue de pie de rigueur dans ces circonstances.
Mais quel habit choisir ?
Pierre Lorillard demanda à son fidèle tailleur de lui préparer des vestes noires courtes, inspirées de celles que portaient en Angleterre les chasseurs à courre.
Le tailleur s'exécuta et réalisa une veste noire dépourvue de queue de pie.
Se rendre à un bal sans queue de pie ?
Pris de vertige devant sa propre audace, il laissa à son fils le soin de l'étrenner.
On pardonne tout à la jeunesse, n'est-ce pas ?
L'innovation reçut un accueil positif.
Oh, certes, nul ne se pâma.
Mais nul non plus ne protesta. Il faut dire qu'à Tuxedo, il eût été mal venu de critiquer la famille Lorillard qui possédait la plus grande partie de la ville...
Cette tenue, "excentrique", avait déjà été expérimentée par le roi Edouard VII lorsqu'il était prince de Galles : au cours d'un voyage aux Indes, il fit couper la queue de pie de sa redingote, estimant la chaleur trop étouffante pour supporter ce poids supplémentaire.
Peu à peu, cette mode se répandit.
Les hommes prirent l'habitude de porter cette veste noire courte agrémentée d'une large écharpe à la taille qui fera rapidement office de ceinture. En anglais, cet habit se nomme "*tuxedo*", du nom de la ville où il fut inventé.
Depuis 1888, les Français, eux, ont pris l'habitude de nommer "smoking" cette veste que les Anglais portaient pour fumer après le dîner...
Et le smoking est devenu la tenue élégante par excellence, celle que l'on achète – ou qu'on loue – pour les grandes occasions de la vie.
Alors, messieurs, la prochaine fois que vous porterez un smoking en pestant contre le col cassé de la chemise qui serre, le nœud papillon qui s'obstine à pencher, les chaussettes en soie qui font des plis, ou le pantalon qui tombe mal, ayez une petite pensée pour Pierre Lorillard, quatrième du nom, qui partit un jour en guerre contre les queues de pie...

NOIR COQUIN

Après la dernière guerre, les dessous féminins noirs ont peu à peu quitté la peau des femmes "honnêtes" pour s'encanailler dans les maisins closes et fleurir sur le bitume des trottoirs. Le noir devenait couleur du péché… de chair. Pourquoi ? Mystère. Question de mode et de moralité : l'une et l'autre, on le sait, sont changeantes et fugaces. Les dessous noirs devenant interdits de séjour dans les alcôves des gens comme il faut ressemblaient alors à des fruits défendus. Dans l'intimité, tout est permis ; même, et surtout, ce qui est interdit !
La représentation sulfureuse du noir – par opposition au blanc, symbole d'innocence et de pureté – est profondément ancré dans notre inconscient, en Europe comme aux Etats Unis et les dessous féminins n'y échappent pas.
Au contraire! Une photo de l'actrice Janet Leigh prise sur le tournage du film d'Hitchcock *Psychose*, la montre portant un soutien-gorge noir, un célèbre modèle à surpiqûres circulaires. Or, dans la scène du film ayant suivi cette prise de vue, elle arbore un soutien-gorge… blanc ! Explication : le réalisateur a préféré éviter la provocation du noir et jouer le classicisme pour ne pas encourir les foudres des ligues de vertu pour lesquelles les dessous noirs étaient la marque du diable et du péché…
Aujourd'hui, au rayon des sous-vêtements féminins, le rouge a supplanté le noir. C'est lui qui est devenu la couleur de l'érotisme et de l'interdit. En même temps, la lingerie a fait un retour en force après avoir connu, au nom de l'esprit pratique, un purgatoire qui plongea certains hommes – du moins l'affirmaient-ils – dans la nostalgie et le désarroi. C'était le temps où triomphaient le collant et le panty. Bref, le temps où disparut l'interstice de peau nue en haut des cuisses, prise en étau entre le haut des bas et le bas du porte-jarretelle…
Que de fantasmes pour ces quelques centimètres carrés…
Or voilà, paraît-il, qu'ils sont de retour ! Revoici les "vrais" dessous, avec leurs fantaisies, leurs clins d'œil, leur humour : soutien-gorges en soie damassée, balconnets pigeonnants, culottes volantes, guêpières à fleurs… Quel programme !

CHAMBRE NOIRE

"Attention ! Le petit oiseau va sortir..." On n'en est pas encore là quand, au XVe siècle, Léonard de Vinci, après Aristote dans l'Antiquité, énonce le principe de la formation d'une image dans une chambre noire : lorsqu'on perce un trou noir très petit dans la paroi d'une pièce obscure, on constate que, sur la paroi opposée, se forme l'image des objets éclairés situés à l'extérieur ; cette image est inversée.
Au XVIe siècle, certains peintres utilisèrent même la chambre noire, dont le petit trou sera baptisé plus tard "sténopé" avant d'être remplacé par une lentille, pour "décalquer au fusain des images projetées sur la toile" et dessiner les perspectives avec plus de précision.
Un autre phénomène, découvert lui au Moyen-Age par les alchimistes, sera nécessaire à l'invention de la photographie : le noircissement des sels d'argent exposés à la lumière. Mais il faudra plusieurs siècles pour que quelqu'un ait l'idée de rapprocher ces deux découvertes. Vers 1820, un chimiste français, Nicéphore Niepce réussit par ce moyen à produire des images "positives". A la mort de celui-ci ; son associé, le peintre L.-J. Mandé-Daguerre, met au point la "daguerréotypie", reposant sur un procédé à l'iodure d'argent.
En 1839, la première "image positive directe sur le papier" est obtenue par Hippolyte Bayard. Dans le même temps, l'Anglais Fox Talbot imagine le procédé négatif-positif actuel. Les premières émulsions au gélatino-bromure d'argent apparaissent vers 1870. De progrès en progrès, on arrive à 1889 et à la fabrication de la pellicule photographique en celluloïd par l'Américain Georges Eastman qui créera la compagnie Kodak. Suivront l'autochrome des frères Lumière (oui, oui, ceux à qui l'ont doit le cinématographe), qui sera le seul procédé amateur de photo couleur de 1903 à 1940, et la photo instantanée (Polaroïd en 1948).

Le Daguerrotype. XIXe siècle. Musée national des Techniques.

Appareil photographique de Niepce. Musée Denon. Chalon sur Saône.

Ci-contre : Didier et Guiaud. Transmission des dépêches à la télégraphie centrale en novembre 1870. Détail. Musée Carnavalet. Paris.

ROMAN NOIR

Karl Holtz. Berlin 1920. Détail. Altenburg Staat. Linderau Museum.

"Noir c'est noir, il n'y a plus d'espoir..."
Le roman noir se caractérise d'abord par son absolu désespoir.
Il se situe dans un univers urbain, nocturne, où psychopathes et étrangleurs errent en liberté dans le brouillard ; où flics et "privés" désabusés diluent leur amertume dans le scotch, le café et l'âcre fumée des cigarettes ; où les comptes se règlent à l'arme blanche dans des entrepôts déserts, des gares de triage désaffectées, des quais embrumés...
Ici, le médecin légiste règne en démiurge incontesté. Dans une morgue éclairée au néon blafard et rincée à l'eau de Javel, il extirpe à la pointe du scalpel les sinistres secrets de la condition humaine.
L'individu assassiné souffrait d'un ulcère.
Il prenait régulièrement des somnifères.
Il a ingurgité, entre 19 et 21h, une méchante pizza arrosée de mauvais vin. La balle a perforé les poumons et percuté la colonne vertébrale. Le visage, lacéré au rasoir, n'est plus qu'une bouillie d'os brisés. Les empreintes digitales ont été sauvagement effacées au chalumeau. Les prothèses dentaires favoriseront, peut-être, une identification ultérieure...
L'inspecteur lui-même, à la lecture de ce rapport, sent ses vieilles aigreurs d'estomac se réveiller. Toute compassion, depuis longtemps, l'a déserté. S'il se motive encore à mort pour les viols odieux et les rapts d'enfants, il n'a plus d'illusions en ce qui concerne l'innocente victime et le plaignant déboussolé. Il en a trop vu ! Sous les voiles de la veuve éplorée, sous les larmes amères de l'orphelin, derrière le panégyrique enflammé de l'associé fidèle... se dissimulent des haines tenaces, des convoitises inassouvies, des vengeances trop longtemps refroidies.
Le roman noir est noir, très noir. Il brosse le portrait – en négatif – des pulsions humaines. En cela, il est vrai. Terriblement authentique. Et c'est pour cela qu'il nous donne la chair de poule.

Les maîtres du genre

Longtemps relégué au rayon des "romans de gare", le polar noir tend à devenir un genre littéraire à part entière. De Raymond Chandler à Dashiell Hammett, de David Goodis à William Irish, de Patricia Highsmith à Mary Higgins-Clark, les auteurs anglo-saxons sont passés maîtres en la matière. Psychologues, sociologues, criminologues, historiens, universitaires, journalistes, chercheurs... des "plumes" de haut niveau auscultent ainsi les bas-fonds de la société et les tréfonds de l'âme humaine. Il y a là de quoi vous rendre fou. De quoi, surtout, nous rendre plus lucides sur la vraie teneur des sentiments qui nous animent.

J. HADLEY CHASE

PAS D'ORCHIDÉES pour MISS BLANDISH

SÉRIE NOIRE

nrf

CREDITS PHOTOGRAPHIQUES

Page: 7 Peersman. 8 Bridgeman. 9 Edimedia. 10gauche Edimedia. 10droit Bridgeman. 11 Bridgeman. 12 Edimedia. 13gauche Edimedia. 13droit Bridgeman. 14 Edimedia-Archives Loudmer. 15 Edimedia-Archives Loudmer. 16 Edimedia-Archives Loudmer. 17 Edimedia. 18 Campagne-Lightstein. 19gauche Image Bank-Covian. 19droit Image Bank-Dereck. 20haut Campagne-Laguillaume. 20bas Image Bank-Schiller. 21 Pix-TPS. 22 Edimedia. 23 Kharbine Tapabor. 24gauche Campagne-Guy. 24droit Campagne-Merle. 25haut Campagne-Didillon. 25basCampagne-Bianchi. 26 Campagne-Thiriet. 27 Campagne-Pambour. 28 Rapho-Follorou. 29 Rapho-Baret. 30 Kharbine Tapabor. 31 Kharbine Tapabor. 32 Kharbine Tapabor. 33 Kharbine Tapabor. 34 Jacana-Jacques Robert. 35 Top-Novack. 36 Bridgeman. 37haut Campagne 37bas Bridgeman. 38 Edimedia. 39 Top-Kervennic. 40 Lauros-Giraudon. 41 kharbine Tapabor. 42gauche Image Bank-Besser. 42droit Image Bank-Trevor Wood Picture Library. 43 Edimedia-Archives Loudmer. 44 Peersman. 45haut Campagne-Miriski. 45bas Campagne-Calcagno. 46 Top-Riviere-Lecoeur. 47 Peersman-Documentation SNHF. 48 haut Campagne-Graber. 48bas Campagne-Merle. 49 Bridgeman-Giraudon. 50 Top-Hussenot. 51 Top-Bouquignaud. 52 Camapagne-Canigher. 53 Top-Gile. 54 Campagne-Jean Joseph. 55 Campagne-Huguet. 56gauche Campagne-Bouchard 56droit Campagne-Bertolissio. 57 Rapho-Fleurent. 59 Pix-Casteur. 60 Image Bank-Isy Schwart. 61 Giraudon. 62 Campagne-Boyard. 63 Edimedia. 64 Kharbine Tapabor. 65 Campagne-Didillon. 66gauche Image Bank-Romilly Lockyer. 66droit Campagne-Aubert. 67 Bridgeman. 68 Kharbine Tapabor-Photo Leonard Herman droits réservés. 69 Kharbine Tapabor-droits réservés. 70 Edimedia – archives Snark. 71 Kharbine Tapabor. 72 Magnum-Jones Griffith. 73 Campagne-Canigher. 74 Peersman. 75 Bridgeman. 76 Bridgeman. 77 Giraudon-Bridgeman. 78 Edimedia. 79 Bridgeman. 80 Edimedia. 81 Edimedia. 82 Giraudon. 83 Kharbine Tapabore. 84 Campagne-Ringo Bardy. 85haut Campagne-Guegen. 85bas Campagne-Ringo Bardy. 86 Image Bank-Abrams Lacagnina. 87 Image Bank-David Gould. 88 Campagne-Demail. 89gauche Kharbine Tapabor. 89droit Edimedia. 90gauche Campagne-Muriot. 90droit Top-D. Czap. 91 Top-Fleurent. 92 Réunion des Musées Nationaux. 93 Edimedia. 94 Kharbine Tapabor. 95 Edimedia.96 Edimedia. 97 Edimedia. 98 Edimedia. 99 Kharbine Tapabor. 100 Edimedia. 101 Kharbine Tapabor. 102 Campagne-Merle. 103 Edimedia – archives Loudmer. 104 Kharbine Tapabor. 105 Kharbine Tapabor. 106 Peersman. 107 Peersman. 108haut Peersman. 108bas Kharbine Tapabor. 109 Peersman. 110 Peersman. 111 Kharbine Tapabor. 112 Peersman. 113 Peersman. 114 Rapho-Maurice Zalewski. 115 Magnum-Inge Morath. 116 Peersman. 117 Peersman. 118 Kharbine Tapabor. 119 kharbine Tapabor. 120 Campagne-Taurus. 121 Campagne-Taurus. 122 Giraudon. 123 Lauros-Giraudon. 124 Edimedia-AKG Berlin. 125 Kharbine Tapabor.

Couverture: Enfant ivoirienne Pix-Groves, Chat noir Bridgeman-Mickeal, Insecte Edimedia, Lune eclipse Campagne-Ringo Bardy, Perle noire Image Bank-Isy Schwart, café Image Bank-David Gould.

CREDITS TEXTES:

Michel Aveline, page 97.

Olivier Calon, pages 15, 16, 17, 27, 28, 33, 34, 37, 47, 48, 52, 55, 66, 75, 76, 79, 80, 94, 96, 98, 105, 111, 112, 115, 119, 120.

Nathalie Chevrel, page 41.

Hugues Demeude, pages 24, 25, 71, 83, 85.

Véronique Fleurquin, pages 22, 23, 58, 72, 86, 89, 90, 124.

Céline Fontana, pages 51, 102, 106, 108, 116, 123.

Barbara Muntaner pages 19, 20, 30, 93, 101.

Philippe Renaud pages 9, 10, 13.

Sam Stourdze page 68.

William Wheeler pages 56, 57, 61, 62, 65.

Nous tenons à remercier tous ceux qui nous ont aidés dans la réalisation de cet ouvrage, et plus particulièrement, Alain Renouf de la Société Nationale d'Horticulture de France, Michel Lablais, Jean-Pierre Peersman, Edith Misset de Magnum, Marie-Christine Clément, Marc Touitou, les équipes de Edimédia, Campagne, et Kharbine-Tapabor, Manuel Joseph et Lucille Bloch-Golliot.

Achevé d'imprimé en janvier 1995
sur les presses de l'imprimerie Albagraf
à Rome - Italie
Dépôt légal 1er trimestre 1995
Editions Du May
ISBN 2-84102-019-3